LES NOUVELLES ROUTES DE NOTRE SERVITUDE

DU MÊME AUTEUR

VIVRE À L'EST (dir.), Les Temps modernes, 1977.

L'OCCIDENT DES DISSIDENTS (en collaboration avec Christian Jelen), Stock, 1979.

CULTURE ET POUVOIR COMMUNISTE (en collaboration avec Natacha Dioujeva), Recherches, 1979.

BARILS, *roman* (en collaboration avec Julien Brun), J.C. Lattès, 1981.

LE PETIT GUIDE DE LA FARCE TRANQUILLE (en collaboration avec Christian Jelen), Albin Michel, 1982.

LE KGB EN FRANCE, Grasset, 1986.

SILENCE ON TUE (en collaboration avec André Glucksmann), Grasset, 1986.

LES ÉCURIES DE LA Ve, Grasset, 1989.

LES VISITEURS DE L'OMBRE (en collaboration avec Marcel Chalet), Grasset, 1990.

LE GRAND RECRUTEMENT, Grasset, 1993.

LA FRANCE SOUS INFLUENCE. *Paris-Moscou : 30 ans de relations secrètes*, Grasset, 1997.

L'HISTOIRE INTERDITE, J.C. Lattès, 1998.

ROUGE-BRUN, LE MAL DU SIÈCLE, J.C. Lattès, 1999.

LA FIN DES NATIONS, Plon, 2002.

COMMENT GUÉRIR DU COMPLEXE DE GAUCHE, Plon, 2003.

BRÈVE PSYCHANALYSE DE LA FRANCE, Plon, 2004.

QUATRIÈME GUERRE MONDIALE, Grasset, 2005.

LE GRAND BLUFF CHINOIS. *Comment Pékin nous vend sa « révolution » capitaliste*, Robert Laffont, 2007.

LE KGB AU POUVOIR. *Le système Poutine*, Buchet-Chastel, 2008.

UNE HISTOIRE MONDIALE DU COMMUNISME. *Essai d'investigation historique*, Grasset, 2015-2017 :

* D'UNE MAIN DE FER. *Les Bourreaux*.

** QUAND MEURT LE CHŒUR. *Les Victimes*.

*** UNE VÉRITÉ PIRE QUE TOUT MENSONGE. *Les Complices*.

LE NÉGATIONNISME DE GAUCHE, Grasset, 2019.

PENSER LE COMMUNISME, Grasset, 2021.

THIERRY WOLTON

LES NOUVELLES ROUTES DE NOTRE SERVITUDE

Aliénation Normalisation Soumission

BERNARD GRASSET
PARIS

ISBN : 978-2-246-83000-9

à mes 3 enfants,
pour causes

Aveux

Le fils d'un ami à qui je disais, voici une bonne dizaine d'années, que je n'avais pas de téléphone portable, s'est écrié : « Mais comment fais-tu pour vivre ! »

Je ne possède toujours pas de mobile et je suis encore vivant.

J'ajoute que je ne fréquente aucun réseau social, pas plus que je n'use de messageries, et que j'ai dû m'adonner à des jeux vidéo tout au plus trente minutes dans ma vie, pour faire plaisir à mes enfants.

Par ailleurs, le streaming m'est inconnu, je ne regarde pas de séries, trop chronophages à mon goût.

Pour ma défense, je peux arguer du fait que l'ordinateur individuel est, depuis l'antédiluvien Macintosh 512 K, mon instrument de travail quotidien, que mon domicile est fibré, que je consulte ma boîte mail et échange grâce à elle environ toutes les demi-heures, que, passionné par l'actualité, je parcours les sites concernés une bonne vingtaine de fois par jour, et que pour mes recherches, l'Internet m'est devenu un outil indispensable, un puits de connaissances dont je suis admiratif et auquel je suis redevable.

Un pied dedans, un pied en dehors du Net, je me fais l'effet d'un anthropologue qui, tout en appartenant au genre humain, n'en est pas moins détaché pour étudier les mœurs de ses semblables. Ma pratique partielle des nouvelles technologies me permet peut-être d'en avoir une approche plus distanciée que nombre de mes contemporains, qui vivent parfois uniquement en fonction et à travers elles.

Comme tout le monde, j'apprécie que les frontières du savoir aient spectaculairement reculé grâce au Web. Comme tout le monde, je me félicite que les échanges se fassent plus directs et spontanés. Comme tout le monde, j'approuve les multiples simplifications et facilités qu'apportent ces technologies à notre vie quotidienne. Comme tout le monde, j'applaudis quand les puissants sont contraints de rendre des comptes sous la pression des internautes. Comme tout le monde, je suis admiratif de ces résistants de la Toile qui réussissent, ici et là, à faire tomber les murailles de citadelles autoritaires en embouchant les trompettes du Net.

En revanche, je déplore le faux courage des anonymes qui polluent les réseaux sociaux avec leurs anathèmes. J'enrage contre les effets panurgiques qu'amplifie la pratique de la Toile avec ces calculs algorithmiques sur lesquels nous n'avons aucune maîtrise. Je m'attriste de constater que, loin d'ouvrir leurs esprits, le gros des internautes s'enferment sur leurs certitudes et finissent par se dresser les uns contre les autres, abêtis par leur propre assurance.

En observateur, je m'amuse, mais pas toujours, des comportements qu'induit la fréquentation des outils numériques : des couples avec leurs enfants qui ne se parlent plus que par écrans interposés ; des usagers des transports en commun la tête baissée sur leur portable ; des piétons qui me bousculent sur le trottoir faute de regarder devant eux ; des promeneurs qui ne profitent de rien d'autre que de leur GPS ; des rencontres amicales ou autres qui ne se conçoivent plus hors réseaux.

Plus essentiel, je m'alarme des moyens de contrôle qu'offre le numérique à toute autorité publique ou privée qui le souhaite ; je pleure sur la perte des libertés individuelles qu'ont déjà permise ces techniques à l'échelle mondiale ; je vois comme un cauchemar s'annoncer un univers d'ordre où il ne sera plus possible de lever le petit doigt sans que cela se sache, pendant que dans un monde virtuel alternatif le « bon peuple » s'amusera ; je crains comme d'autres que les machines de plus en plus intelligentes finissent par le devenir trop, à nos risques et périls.

Mon propos n'est ni dénonciateur, ni accusateur, ni défaitiste. Tout le monde peut faire un constat similaire à condition de se détacher de l'emprise qu'exercent les nouvelles technologies sur nos vies. Il n'est pas question de dénigrer une révolution numérique aussi capitale dans son genre, et en son temps, que fut l'avènement de l'ère industrielle pour l'humanité. Il ne s'agit pas non plus de s'élever contre le progrès technique, manifestation du génie humain et bienfaiteur de nos modes de vie.

Ce livre a une autre ambition. Ayant longtemps étudié l'histoire du siècle passé, marquée par l'apparition de régimes totalitaires fruits entre autres du progrès, d'une volonté étatiste et d'une passivité générale, ayant pu constater de visu ce qui en est résulté pour les peuples qui ont subi pareil système, ayant compris ce que représente la liberté pour ceux qui en ont été privés, j'en suis arrivé à la conclusion que nous empruntions une route qui conduit à un asservissement d'une efficacité, d'une dimension, jamais éprouvées jusque-là.

Si l'homme s'est déjà maintes fois abandonné à une servitude souvent volontaire, par facilité, parfois par lâcheté, celle-ci s'avère d'une ampleur sans précédent dès lors que les outils utilisés pour s'imposer couvrent tous les champs possibles de l'existence, personnel et familial, politique et économique, social et culturel, sécuritaire et sanitaire. D'où le paradoxe que nous vivons : le numérique ouvre une porte sur la liberté dans les pays qui en sont privés, et devient un moyen de contrôle inégalé dans les pays où elle a droit de cité.

Mettre ces réflexions au compte de l'aigreur d'un barbon qui dénigre le monde qui l'entoure, et dont il ne connaîtra pas l'évolution, serait simpliste. Au-delà de l'état des lieux, ce livre se veut une bienveillante mise en garde contre des dangers déjà présents, dont il est encore possible de contrôler la pleine croissance, voire de conjurer l'issue possible. « L'avenir de l'humanité reste indéterminé, parce qu'il dépend d'elle », estimait Henri Bergson.

ALIÉNATION

« La dépréciation du monde des hommes augmente en raison directe de la mise en valeur du monde des choses. »

Karl MARX

« La société actuelle ne fournit pas d'autres moyens d'action que des machines à écraser l'humanité. »

Simone WEIL

« Parce que nous avons été enfants avant que d'être hommes, il est dans l'ordre que nous ne commencions point par interroger la chose toute nue, mais au contraire, que nous allions à la chose déjà tout pourvus de signes, on dirait presque armés de signes. »

ALAIN

De qui, de quoi parle-t-on ?

Des 5,3 milliards d'internautes dans le monde.

De 70 % de la population mondiale qui possèdent un téléphone mobile, dont 84 % des Français de plus de 12 ans et 99 % des 15-29 ans.

De 43 % des petits Français de moins de 2 ans qui utilisent l'Internet.

Des 60 % de la population mondiale actifs sur les réseaux sociaux.

Des 7 h 32 min passées en ligne chaque jour en moyenne dans le monde.

Des consultations toutes les 4 minutes d'un smartphone par son propriétaire.

Des 9 heures hebdomadaires consacrées aux jeux vidéo.

Des 34 années passées devant des écrans dans une vie, soit plus de 60 % du temps libre.

Des 347 milliards de mails échangés quotidiennement dans le monde.

Des 5 milliards d'émojis envoyés tous les jours sur l'ensemble de la planète.

Des 3,5 milliards de requêtes adressées à Google quotidiennement.

Des mille milliards de photos et de selfies pris chaque année grâce aux portables.

Du milliard d'heures de vidéos visionnées chaque jour sur YouTube.

Etc.

Ces données sont indicatives, elles méritent d'être actualisées, à la hausse toujours. Elles mesurent la place prise par les nouvelles technologies dans nos vies, ce dont nous sommes conscients : 72 % des Français estiment qu'il serait bénéfique à leur santé d'en limiter la fréquentation. L'abus de Web est-il pour autant nuisible au point de craindre l'addiction, autrement dit une envie répétée et irrépressible de faire ou de consommer quelque chose en dépit des efforts entrepris pour s'y soustraire, selon la définition qu'en donne Wikipédia, un site consulté plus de 500 millions de fois par mois ?

Selon son étymologie latine – *ad-dicere* (dire à) –, le terme d'addiction était attribué à l'origine aux esclaves privés d'indépendance et de liberté. Plus tard, sous l'appellation d'*addictus*, il désignait le redevable d'une dette impayée qui donnait le droit au créancier de réduire le débiteur en esclavage. Le mot addiction, d'origine anglaise, peut être traduit par assuétude qui, médicalement, caractérise une accoutumance de l'organisme à une substance nocive. Dans sa sonorité, assuétude ressemble à une contraction entre asservissement et servitude. Désormais, l'addiction renvoie à une impérieuse attirance pour des plaisirs, des pratiques que l'on sait dangereux pour soi, mais dont la satisfaction fait fi de la toxicité, au prix d'une perte de la liberté d'action, de la dégradation de l'état de santé.

Pour la Fédération française des télécoms, une association loi 1901 qui regroupe les opérateurs de télécommunication en France, parler d'addiction aux nouvelles technologies est un « abus de langage ». Partie prenante de l'économie numérique, ces entreprises ne sont probablement pas les meilleurs juges en la matière, un peu comme l'industrie du tabac qui a longtemps ignoré les dangers de la cigarette. Si les opérateurs ne nient pas le côté addictif des supports et des contenus en question, ils préfèrent mettre l'accent sur la volonté des utilisateurs, sur leurs capacités à prendre leurs distances, à s'autolimiter dans l'usage qu'ils en font.

Dans une étude datant d'une dizaine d'années, cette Fédération des télécoms reconnaissait que le téléphone mobile a d'abord suscité des inquiétudes en termes de civilité. Sur cet aspect, la situation n'a fait qu'empirer. Toute civilité a désormais disparu quant à l'usage du portable. L'objet est devenu roi en toutes circonstances, même dans les relations les plus intimes. Aujourd'hui, 85 % des Américains utilisent leur téléphone tout en parlant à des amis, à leur famille, par exemple. La bataille a été perdue sur ce terrain. « Endiguer ses pratiques numériques fait partie des restrictions quotidiennes que chacun s'impose pour tâcher de maintenir un équilibre de vie », espérait à l'époque l'étude en question. Sachant que l'utilisation des téléphones mobiles progresse d'environ 2 % par an dans le monde, ou encore que la fréquentation de l'Internet augmente de 8 %, et que le nombre d'heures passées sur la Toile s'accroît d'environ 4 % d'année en année, évoquer l'autodiscipline tient du *wishful thinking*. Aucune donnée ne confirme que l'usager est prêt à faire des efforts pour réduire significativement sa fréquentation du Web, même s'il a conscience d'en être dépendant.

Parler d'addiction relève de l'erreur de diagnostic. Le mot à une connotation médicale, guère à propos. On peut mourir d'alcoolisme, d'un cancer pour avoir trop fumé, d'obésité par excès de nourriture, etc., on ne meurt pas d'avoir trop usé des outils numériques. Il est vrai qu'en une vingtaine d'années, près de 400 personnes sont décédées dans le monde en prenant un selfie (accidents de la route, chutes, etc.). Plus sérieusement, il est loisible à chacun de guérir d'une addiction par volonté personnelle, par sevrage, si l'assuétude en question s'avère mortelle. L'addiction se réfère plutôt à un besoin physique, avec le numérique nous sommes davantage dans la suggestion mentale et dans la nécessité sociologique compte tenu de la place prise par les nouvelles technologies dans nos vies. Le plaisir procuré, le besoin satisfait viennent de l'usage qui en est fait hors de nous, et non en fonction d'une ingérence qui risque d'agir sur notre santé comme il ressort d'un grand nombre d'addictions. En d'autres termes, l'objet de la dépendance numérique est extérieur à nous, c'est l'action qu'on exerce sur et à travers l'usage que nous en faisons qui motive notre pratique – et non par ingestion –, activant notre envie d'en user, au point d'être subjugué.

Freud qualifiait de « relations d'objet » nos rapports à la réalité, aux autres, aux tâches quotidiennes, à nous-même. De plus en plus de connexion et de moins en moins d'attachement, de plus en plus d'information et de moins en moins de compréhension, de plus en plus d'individus rivés à leurs différences et de moins en moins de sujets travaillant à leur autonomie, les objets numériques nous transforment par la pratique que nous en avons : l'utilisateur devient en quelque sorte un autre lui-même, prêt à s'aventurer dans le maquis de l'Internet par besoin, utilité, jeu, plaisir.

En ce sens, nous ne sommes plus vraiment maîtres de nous, mais de l'instrument numérique dont nous dépendons. Ce symptôme est connu, il s'appelle l'aliénation.

Le mot fait peur, il est assimilé en général à un dérangement de l'esprit. Le fou est dit aliéné, il est bon pour l'enfermement. Notre planète sous l'emprise du numérique serait-elle devenue un immense asile ? L'aliénation est un concept ancien qui ne se réduit pas à la folie. Il désigne également une perte de soi, au sens de libre arbitre, que cette perte soit due à un dérèglement mental interne ou à un environnement extérieur qui dépossède l'individu de son autonomie, qui impose des règles de vie, qui oblige à l'obéissance, fût-elle volontaire. Au sens large, l'aliéné est celui qui n'est plus maître de lui, quelles qu'en soient les raisons. On peut parler d'aliénation religieuse si les préceptes divins transcendent tous les comportements humains, d'aliénation politique quand la cité est régie par un pouvoir souverain omnipotent auquel il n'y a pas d'autre choix que d'obéir, d'aliénation idéologique lorsque toute pensée est soumise à des canons obligés, d'aliénation morale lorsque tabous et interdits entravent les choix personnels. En somme, l'individu aliéné est un individu dépouillé de sa vraie nature, dépossédé de son être, devenu étranger à lui-même.

Le thème de l'aliénation a connu son heure de gloire grâce à Karl Marx qui en a fait un concept central de sa critique de l'économie politique dans *Le Capital*. Selon lui, le mode de production capitaliste se caractérise par une multitude d'aliénations : dans le processus de production par rapport à la machine ; dans le fruit du travail dont le prolétaire est dépossédé au profit d'autres bénéficiaires ; socialement à cause de la concurrence imposée par le mode de production capitaliste qui isole l'individu ; par rapport à soi-même quand le prolétaire est réduit à n'être qu'une force de travail. Selon Marx, les contraintes de vie induites par la modernité capitaliste pèsent sur l'ensemble des relations, aliénant les individus aux mondes objectif, subjectif et social.

Ces réflexions demeurent-elles pertinentes à l'ère du numérique ? Les outils informatiques règlent la plupart de nos rapports, notre perception du monde se fait le plus souvent au travers d'écrans, les réseaux sociaux règlent nos relations aux autres. Intermédiaire obligé entre nous et la réalité environnante, l'informatique tend à nous en déposséder, ce qui est le propre de l'aliénation. Le caractère froid, non humain du monde numérique, où tout est calcul, pousse en ce sens. L'emprise de ces « relations d'objet » dont a parlé Freud est patente dans le cas des mobiles. Selon une étude britannique, certains possesseurs de smartphone vivent dans l'angoisse d'une panne de batterie. Dans leur cas, l'usage de l'appareil devient une nouvelle mesure du temps, dont l'objet a modifié la relation (Thomas Robinson, « Battery Icons Shape Perceptions of Time and Space and Define User Identities », *Cass Bussiness School*, 13 septembre 2019).

Le portable nous tient et nous contient à la fois pour ce qu'on attend de lui et en tant que gardien de nos données. Le podomètre qui mesure nos efforts, les vibrations de l'appareil qui nous alertent, les *like* des réseaux sociaux, les récompenses des jeux vidéo, toutes ces incitations renforcent l'attachement à l'objet et à ses contenus, au point qu'il nous devient indispensable, tel un prolongement de nous-même. Le phénomène est planétaire. En octobre 2021, une panne mondiale fit disparaître des écrans les réseaux sociaux pendant quelques heures, provoquant une panique des usagers. Ce type de rapports aliénants a son propre vocabulaire, *phubbing* pour une consultation compulsive du portable ; *doomscrolling*, qui désigne la propension à rechercher des informations anxiogènes ; *fear of missing out*, la peur de rater quelque chose, de manquer un événement en ne restant pas connecté en permanence ; *binge watching* pour qui regarde les séries jusqu'à satiété…

Une célèbre expérience, menée dans les années 1930 par l'Américain Burrhus F. Skinner sur une souris, illustre les réactions provoquées par une trop forte dépendance matérielle. Dans un premier temps, l'animal obtenait une abondante nourriture en appuyant sur un bouton. Puis la règle a été changée. En actionnant le mécanisme, la souris ne recevait soit rien, soit peu, soit beaucoup. Le rongeur finit par appuyer compulsivement sur le bouton, stimulé par une récompense devenue aléatoire. L'actuel usage intempestif des smartphones fait penser à cette souris désorientée. De nos jours, la multiplication des choix proposés par les nouveaux outils numériques suscite des frustrations faute de pouvoir entreprendre tout ce que l'on veut, ou alors de l'insatisfaction quand est mal fait ce que l'on fait. Il n'est pas indifférent d'apprendre que nombre d'enfants de cadres de Google, eBay, Apple et autres, fréquentent une école de la Silicon Valley où les écrans sont bannis au profit des classiques livres, cahiers et crayons. Ces praticiens du Web n'ignorent rien de la fascination qu'exercent sur les esprits les nouvelles technologies.

Pour Marx, le prolétaire aliéné par la machine était dépossédé de sa force de travail. À l'ère du numérique, c'est notre attention qui est captée pour exploiter nos capacités cognitives, autrement dit notre aptitude à connaître notre environnement. Marx toujours estimait que l'exploitation reposait sur l'extraction d'une plus-value, mesurée par la différence entre le salaire payé au travailleur et la valeur réelle de sa production. Ce n'est pas le lieu ici de discuter de la validité ou non de cette théorie, toujours est-il qu'il y a également dans les mécanismes d'aliénation au numérique une dimension de plus-value, si l'on peut dire. Tout le monde sait que les entreprises actives sur la Toile cherchent à attirer notre attention, à nous fidéliser, pour récolter un maximum de données sur nos goûts, nos moyens, nos relations, etc.

Ce n'est plus la force de travail qui crée la richesse, mais notre temps de cerveau disponible pour naviguer sur le Net, étant entendu que plus notre attention est captée, plus de données sur nous-mêmes sont livrées aux opérateurs. Si le travail à l'époque de Marx était pénible, et l'idée d'exploitation moralement condamnable, l'industrie du numérique qui nous facilite la vie et nous distrait ne risque pas pareille réprobation. En somme, l'aliénation version Marx est scandaleuse quand elle est plutôt ludique dans l'univers du Net.

Mauvais procès, peut-être. L'apparition de ces nouvelles technologies s'inscrit dans le continuum du progrès, au sens générique, qui caractérise l'inventivité humaine. L'informatique, le numérique sont des manifestations techniques de ce progrès, et l'on est en droit de se demander si les risques pointés ne sont pas à mettre au compte des éternelles craintes que l'homme a éprouvées face à ses propres avancées scientifiques et matérielles, avant de s'y adapter. Notre rapport à la technique a déjà une longue histoire, qui permet probablement de relativiser les dangers putatifs de cette aliénation.

Enfants des Lumières, nous vénérons le progrès, une marche en avant salutaire, un perfectionnement perpétuel. Progresser c'est avancer, dans la vie adulte, en connaissances, en maîtrise de soi. Le progrès est synonyme d'évolution, en histoire comme en science, en économie comme en politique, en un sens positif, toujours. Croire au progrès est une promesse d'avenir meilleur, un regard sur les temps anciens suffit à s'en convaincre. Le progrès scientifique et technique annonce le progrès moral et politique depuis que nous nous sommes émancipés du divin. Se prononcer contre vaut damnation, mais s'en faire le chantre aveugle peut conduire aux pires abus si le but prime sur les moyens. Louer le progrès doit rester affaire de modération.

Le progrès et la technique sont indissociables, l'une est la manifestation de l'autre. Le processus est universel, tout progrès, toute technique finissent par appartenir au patrimoine de l'humanité en se propageant. Notre civilisation occidentale en a même fait un apostat. Les peuples d'Europe ont élevé les sciences physiques et leurs applications pratiques en mode de vie, singulièrement depuis la Révolution industrielle. Néanmoins, progrès et technique ne s'imposent pas seuls, ils doivent correspondre à un besoin : de la satisfaction de ce besoin dépendent leur succès, l'emprise exercée, et la place qu'ils occupent dans la société.

La technique, elle, se distingue de deux manières, qu'elle vienne en soutien à l'activité humaine ou qu'elle se substitue à elle. Dans tous les cas, elle participe du progrès dès lors qu'elle améliore notre bien-être. Manipulée par nos soins quand il s'agit de l'outil, ou en mode autonome quand la machine travaille à notre place, la technique fait de nous des « homo faber », ce qui nous distingue des autres espèces existantes.

À considérer son impact, la technique est toute-puissante. Songeons à l'horloge qui nous a transformés en gardien du temps au point d'en devenir les subordonnés à force d'espérer en gagner. L'imprimerie, on le sait, a participé à la diffusion du savoir jusqu'à bouleverser les croyances avant d'ouvrir la voie aux Grandes Découvertes et aux avancées qui ont mené à l'industrialisation. La vapeur a décuplé la force et précipité la vitesse. La voiture nous a rapprochés les uns des autres pour finir en marqueur social – standing –, sociétal – urbanisation –, culturel – loisirs, entre autres. Nous avons délégué à la technique une part toujours croissante de nos activités et, bien qu'étant les initiateurs, il arrive qu'elle nous échappe jusqu'à devenir létale, si l'on songe à l'implication militaire de l'atome. En fait, la technique est neutre, elle dépend de l'usage qui en est fait. Humaine, trop humaine, elle est porteuse du meilleur comme du pire, ce qui nous renvoie à nos responsabilités, même si nous renions les Frankenstein fabriqués par nos soins.

Liée au processus d'« homonisation », du silex à l'ordinateur, la technique n'a cessé d'influer sur nos comportements avec pour axiomes l'espace et le temps, deux mesures phares du progrès. Or l'espace a continuellement rétréci sous la pression du temps gagné. Le temps en tant que tel est toujours demeuré inchangé, c'est notre rapport à lui qui est en cause. Voilà probablement le principal aiguillon du progrès : transport, production, communication, par exemple, ont eu pour motivation essentielle l'accélération du temps. La faim de temps nous obsède davantage que la fin des temps : c'est elle qui nous pousse à agir. Le temps gagné n'est-il pas la clef de la mondialisation actuelle ? Et à l'ère du numérique, le temps que mesure la vitesse de communication n'a-t-il pas annihilé l'espace ?

Tout développement de la technique ne libère pas du temps pour autant. Elle peut entraîner d'autres demandes, d'autres tâches où le temps vient à manquer. Prenons le cas de la correspondance. Le courrier classique permettait d'espacer les échanges, le mail et tout autre message électronique poussent, de par leur instantanéité, à une avalanche d'allers-retours chronophages. D'une manière générale, la vie moderne se caractérise par une accélération du rythme quotidien. Ce truisme permet de comprendre comment le temps est devenu une notion consommable, qui se raréfie à force d'être exploité, ce qui tend à le rendre plus cher. Ce filon, l'économie numérique l'a fait sien.

L'apparition du métier à tisser programmable, grâce à un système de cartes perforées, inventé par le Français Joseph-Marie Jacquard au début du XIXe siècle, constitue les prémices de l'emprise de la machine sur l'homme. Quelques années plus tard, des canuts en colère dénonceront les conditions de travail et la paupérisation engendrées par cette mécanisation. Il est à l'honneur de Marx, de la gauche socialiste et révolutionnaire en général, d'avoir critiqué et combattu les dégâts humains provoqués par l'industrialisation. L'exploitation de l'homme par l'homme se mue en exploitation de l'homme par la machine. Le profit n'est pas le seul motif de cette évolution. La concentration des activités humaines, systématisée par le développement des États-nations qui poussent à la centralisation, a touché tout autant l'économie que la technique, la politique que le social. Le penchant humain à vouloir nous associer a conduit à des organisations collectives conçues comme de vastes machines sociales. Le monde développé est devenu de plus en plus administré, accouchant d'un ordre bureaucratique chargé de l'organiser. Sciences, techniques, société en sont venues à former un tout qui rend la vision du progrès, héritée des Lumières, angélique. Le déplorer ne doit pas pour autant nous faire tomber dans l'excès d'une technophobie stérile.

À l'ère du numérique, la technique s'est muée en *deus ex machina*, au sens propre ou presque. L'informatique a permis l'émergence d'un tout organisé qui agit plus que jamais sur la société par le biais des interconnexions entre secteurs, en vue d'offrir des perspectives illimitées d'organisation, de gestion, d'ordre. Comme toutes les techniques qui l'ont précédée, elle correspond à des besoins en adéquation avec notre appétence à vouloir maîtriser toujours plus notre environnement, à avoir barre sur notre destinée. Si l'on s'en tient à l'accélération du temps comme aiguillon du progrès, notre époque a fait un bond en avant.

Cette révolution technologique s'inscrit dans le sillage des avancées déjà apportées par la vapeur, la mécanisation, l'électricité notamment, qui toutes ont bouleversé notre rapport au temps.

La technique a toujours une origine pratique qui explique son apparition, qui lui donne son élan, qui lui assure le succès. La machine à vapeur est née en Grande-Bretagne à la fin du XVIIIe siècle parce que ce pays était le plus avancé économiquement. La nécessité d'accroître la production, gage de son expansion économique, avait besoin d'une nouvelle force. La révolution numérique a commencé, elle, aux États-Unis selon un mode spécifique, dans un cadre qui l'a marqué d'un sceau éthique devenu par la suite un alibi utile pour en vanter les mérites.

Terre de protestantisme, pour des raisons historiques, l'Amérique a fait du capitalisme son credo et du travail une valeur suprême. L'immensité du territoire a par ailleurs incité les colons à développer des moyens nécessaires pour réduire les distances, pour se rapprocher les uns des autres. La technique, les machines ont joué un rôle essentiel dans l'unification du territoire, préalable à l'édification de la nation. Un culte techniciste en est né, qui explique la fulgurance de son développement. Loin des pesanteurs du passé que connaissait le vieux continent, ses habitants ont pu s'adonner aux machines sans en craindre les effets dans leur organisation de travail, sur leur mode de vie. Plus qu'ailleurs aussi, transports et communications ont été mis à contribution pour créer des liens au sein de cette population d'émigrés disparates. Le chemin de fer, le télégraphe, la radio, la voiture, l'avion, la télévision font partie de la réussite économique du pays, au même titre que la richesse de ses ressources naturelles.

Si la Révolution industrielle doit son expansion au décuplement des forces physiques générées par les machines, la révolution numérique se propose de développer nos capacités cognitives par l'intermédiaire de réseaux électroniques. Cette démarche est née dans un coin de l'Ouest américain où les techniques de communication ont toujours été essentielles en raison de l'éloignement des centres de décision politiques et financiers concentrés à l'est du pays. La Californie, patrie du 7e art et de l'*entertainment*, a d'autre part développé, plus qu'ailleurs sans doute, l'imaginaire et l'amusement, sur lesquels le Web a été appelé à prospérer. Réduire l'apparition du cyberespace à une alchimie entre technique de communication et état d'esprit ludique serait toutefois réducteur. L'influence exercée par le milieu d'origine sur cette révolution compte tout autant.

La vague New Age qui a submergé les États-Unis dans les années 1970-1980 s'explique en réaction au conflit que le pays a fini par perdre au Vietnam. « Faites l'amour, pas la guerre », le slogan de l'époque, engendre une contre-culture hippie, imprégnée d'orientalisme, de « zénitude », dénonçant les méfaits de la société de consommation, militant pour la liberté des mœurs et la non-violence. Le monde meilleur espéré, éternel tropisme humain, ne se cantonne pas aux expériences mystiques et transcendantales menées sous LSD. Il y a dans cette jeunesse en recherche de spiritualité, un désir de s'émanciper du monde matériel, d'ouvrir de nouveaux espaces de liberté. Le Canadien Marshall McLuhan, théoricien de la communication, qui voit dans l'expansion des médias la possibilité de développer nos sens, de changer la manière de percevoir le monde et la société, influence ces communautés dont certains membres s'investissent dans ce champ prometteur.

Un lieu, la Silicon Valley, des garages en guise de laboratoires, des jeunes gens inventifs, et le cyberespace devient une nouvelle frontière dans la tradition du rêve américain. L'Internet est perçu en ses débuts comme un média chargé de promouvoir la liberté d'expression, la transparence, les échanges de connaissances, la créativité, au sein d'un nouvel espace public que favorise son accessibilité. Promu conquête démocratique, porté par la conviction que la liberté peut être exponentielle, l'Internet offre la possibilité de bâtir une société plus ouverte avec la garantie d'un même accès à l'information pour tous, d'un pouvoir d'influence égal pour chaque utilisateur. Le rôle que devaient jouer plus tard les réseaux sociaux dans le processus de libération de certains pays dans le monde, au début des années 2000, allait conforter ces espoirs.

L'extension des domaines d'exploration, le développement des services, la multiplication des applications ont eu raison de l'utopie d'origine, laissant la place à des rapports marchands qui ne sont pas en soi condamnables puisqu'ils sont les nerfs du progrès. Croire que nous avons été subjugués malgré nous par les outils numériques tient de l'excuse. L'Internet s'est développé parce qu'il satisfait des besoins, comme d'autres avancées auparavant. La machine à vapeur a amené les chemins de fer quand il a fallu rapprocher les distances, le moteur à explosion a donné la voiture au moment où les voyages se sont développés, l'avion a été un vecteur important de la mondialisation. Tout cela est à mettre au compte d'une même évolution des transports, domaine dans lequel la technologie numérique peut également être rangée : l'Internet ne déplace pas les corps, il rapproche les esprits.

Notre cerveau est un champ d'exploitation inépuisable, d'autant plus avec l'intelligence artificielle que certains gourous du Net rêvent de lui adjoindre. Les outils du Web exploitent notre capacité à nous projeter dans l'imaginaire avec les jeux vidéo, ils répondent à notre soif de connaissances grâce aux moteurs de recherche, ils contentent notre ambition démiurgique à vouloir maîtriser toujours plus notre environnement, ils exaucent notre quête d'éternité dans une perspective transhumaniste. Navigateurs, moteurs de recherche, réseaux sociaux, le Web nous est devenu indispensable, suivant un destin similaire aux multiples innovations maîtrisées et adaptées par et pour l'homme à travers les siècles, dans le *perpetuum mobile* du progrès. Lorsque la traction motorisée s'est imposée avec la voiture, nul n'a songé à revenir aux diligences. Pour autant, le numérique diffère des précédentes révolutions techniques connues : jusqu'à présent les outils créés et utilisés existaient en fonction des services qu'ils rendaient, cette fois ils tendent à échapper à notre contrôle, à s'autonomiser jusqu'à prescrire des choix, à nous déposséder de notre libre arbitre, non pas en soulageant nos besoins, mais en en créant d'autres dont nous devenons dépendants. En un mot, en nous aliénant.

Trente ans ont suffi à l'ère numérique pour bouleverser notre rapport au monde de manière radicale. Nous en sommes déjà à la troisième saison, pour employer un mot à la mode. Le Web 1.0, première époque, a été statique en se limitant à la consultation des pages internet sans interférences possibles. Ces années 1990-2004 ont été celles des fournisseurs de contenus – AOL, Netscape, Yahoo ! –, aujourd'hui marginalisés. Puis le Web 2.0 a développé des sites dynamiques où l'internaute intervient, échange, partage, se met en avant. Blogs, réseaux sociaux, plates-formes y foisonnent sous la tutelle des Google, Facebook, Twitter, YouTube, TikTok et autres. Le Web 3.0, qui prend ses marques au début des années 2020, promet des sites personnalisés, intelligents, centrés sur l'utilisateur, avec le métavers pour Graal.

Toujours mieux, toujours plus. Dans ce Web 3.0, le fonctionnement décentralisé de la *blockchain* – où le stockage et la transmission d'informations s'effectuent sans organe de contrôle – rend possible la mise en relation directe des créateurs et des clients, sans l'intermédiaire de plates-formes. Il y est question de partage de la propriété entre ceux qui construisent et ceux qui s'en servent, d'une relation directe entre producteur et consommateur des outils numériques, où chaque acteur concerné possède une partie de l'actif et de la gouvernance grâce aux droits de propriété sécurisés par ladite *blockchain*. L'intelligence artificielle et la réalité virtuelle sont l'alpha et l'oméga de cette nouvelle saison, l'aventure ne fait que commencer.

Pareil bouleversement technologique a nécessité des moyens financiers et matériels dont la puissance économique acquise par les Big Tech témoigne. La matière première est notre cerveau, on le sait, encore fallait-il trouver les moyens d'en exploiter les richesses, ce dont se chargent les outils numériques à chaque utilisation. Les données sont récoltées à partir des traces laissées par la fréquentation de la Toile, depuis l'adresse numérique jusqu'à la diversité des goûts, des opinions, des pulsions. Utiliser des données pour mieux connaître les ressorts de l'individu n'est pas une invention du Net, mais la méthode pratiquée, l'exploitation qui en est faite sont, elles, nouvelles.

Recueillir des données a longtemps été un monopole d'État dans le but de mieux connaître les opinions et les besoins des administrés pour orienter les politiques en conséquence. En France, l'INSEE remplit ce rôle. Les instruments statistiques utilisés par les gouvernements ont toujours eu tendance à résumer les citoyens à des particules élémentaires calculées par des probabilités basées sur les informations recueillies. Les outils numériques permettent désormais à des acteurs privés de récolter et de traiter d'innombrables données. La nouveauté consiste, à partir d'une masse d'informations, à individualiser les choix et les comportements, à aller au-delà de généralités soumises à des calculs probabilistes. Le certain a remplacé le probable dès lors que les données peuvent être extraites en nombre, à la source, volontairement, grâce à l'internaute lui-même qui les fournit par sa pratique des outils concernés. Ce ne sont plus des tendances générales qui sont mises en valeur pour être exploitées, mais des dispositions particulières auxquelles il est répondu au cas par cas.

L'Internet libre et gratuit est un mythe. Libre, la Toile ne l'est point puisqu'il faut montrer patte blanche pour accéder à n'importe quel site – identifiant, mot de passe ; gratuite, elle l'est en trompe l'œil car, à défaut de péage, les données que nous laissons sur notre passage valent de l'or par l'exploitation qui en est faite. Les conditions d'utilisation acceptées, dont les fameux cookies, sont autant de soumissions volontaires à des rapports marchands, pour des publicités ciblées notamment. Le schéma économique traditionnel s'en trouve inversé, ce n'est plus le produit qui est vendu au client, mais le client à un annonceur : « *When it is for free, you are the product.* » Le marché est gigantesque, 200 milliards de dollars en 2022 rien qu'aux États-Unis, les deux tiers de cette manne étant captés par Google et Meta.

Le recueil de données par les États sert le plus souvent pour des objectifs politiques et économiques, dans le cas du Web nous signons plutôt des accords commerciaux implicites sur lesquels nous n'avons aucun contrôle, les bénéficiaires de cette récolte étant libres d'en faire ce qu'ils veulent. L'internaute peut croire rester maître des informations qu'il livre en contrôlant ce qu'il accepte de rendre public ou de confier à d'autres. Dans les faits, l'utilisateur du Net n'est pas en position de faire ce choix, l'absence d'alternative auquel il est soumis tient plutôt de l'obligation.

Par le traitement qui est fait de ses données, l'internaute confère, à des entités qu'il ne connaît pas, le pouvoir de s'introduire dans sa vie pour orienter ses choix. Suggestions, conseils, assistances, excitations ou *a contrario* aversions et rejets deviennent autant de moyens d'agir sur notre comportement. Les stimuli sont personnalisés et incessants tant que nous restons « en ligne ». La machine – console, ordinateur, tablette, smartphone – devient le maître de la relation par la connexion qu'elle établit. L'internaute se trouve dépossédé de lui-même, par sa dépendance à l'outil numérique.

L'algorithme est au cœur de ce processus d'aliénation. Après avoir établi un profil sur une plateforme, nous l'alimentons avec nos données. À partir de ce matériau, les algorithmes se chargent de faire les connexions nécessaires par des calculs à très grande vitesse basés sur la gigantesque masse d'informations recueillies, les « Big Data ». Vitesse, volume, variété caractérisent leur fonctionnement à l'aide de formules mathématiques. L'algorithme hiérarchise l'information, sélectionne les préférences, anticipe les intérêts et propose à l'internaute de le suppléer dans de nombreuses tâches. Ces calculateurs fonctionnent grâce à ce que nous leur apportons, ils nous modèlent en retour.

Tout est bon pour l'algorithme, les déplacements, les pas qu'enregistre le podomètre, la fréquentation des cinémas, les clics sur Internet, les recherches sur la Toile, le temps passé devant des jeux vidéo, etc. L'ensemble est chiffré, classé, analysé pour être resservi sous forme de propositions établies à partir de nos données personnelles captées. Grâce aux algorithmes, l'Internet ressemble à une auberge espagnole où l'utilisateur trouve d'autant plus ce qu'il est venu chercher qu'il l'a lui-même apporté. Les algorithmes sont en outre volontiers prédictifs. En faisant constamment l'hypothèse que notre futur sera la reproduction de notre passé, ils nous cantonnent dans une éthique du moindre effort, circonscrit à un terrain connu puisque nôtre.

L'algorithme n'est pas une invention diabolique, un monstre qui aurait échappé à ses créateurs. Comme toute technique mise au point par l'homme, nous en dépendons par la place que nous lui assignons, singulièrement par l'usage fait des recommandations proposées. Laisser les algorithmes piloter nos vies leur confère le pouvoir de nous guider sans en avoir vraiment conscience. Un exemple : en 2014, le site de rencontres OKCupid (pour Cupidon !) s'est livré à une expérience tendant à montrer combien les recommandations calculées par algorithmes ont plus d'influence sur les personnes concernées que la perception et le ressenti directs de chacune d'elles. Comme on le sait, ces sites établissent des « matchs scores » à partir des préférences indiquées par les utilisateurs dans le but de mettre en relation des individus compatibles. Le site s'est amusé à manipuler ces « match scores » pour faire se rencontrer des personnes incompatibles tout en leur faisant croire qu'elles étaient faites l'une pour l'autre. *A contrario*, de mauvais « match scores » ont été mis en avant entre individus compatibles. Dans tous les cas, la recommandation, par algorithmes interposés, a prévalu auprès des couples concernés, débouchant sur une issue favorable à leur rencontre en dépit de vraies oppositions de goûts et de caractères. Désormais, près de la moitié des couples américains se forment par l'intermédiaire de tels sites.

En France, 22 % des ménages disent avoir trouvé leur conjoint sur l'Internet, avec d'autant plus de confiance dans leur choix que 74 % des utilisateurs de la Toile se considèrent plus sélectifs sur les applications que dans la vie hors ligne, nonobstant le rôle que peuvent jouer les algorithmes dans la « spontanéité » des inclinations personnelles (Ziyed Guelmami et François Nicolle, *Applications de rencontre*, L'Harmattan, 2022).

Dans le cas de l'information, au sens large, l'algorithme de recommandation enferme l'internaute dans un monde clos. Une fois ses centres d'intérêt repérés, des informations personnalisées, adaptées et calibrées lui sont proposées. L'utilisateur finit par avoir une vision parcellaire du monde qui l'entoure, une mise en condition propice aux manipulations. Sur YouTube, les trois quarts des contenus visionnés sont suggérés afin de pousser l'internaute à regarder toujours plus de contenus qui l'agréent pour qu'il passe davantage de temps en ligne. Si l'algorithme a une part de responsabilité, l'agent d'origine est l'internaute qui visionne les contenus ayant ses préférences. Un cercle vicieux se met en place dès qu'une série d'internautes confirment le même choix en cliquant sur les mêmes vidéos qui deviendront les plus populaires, celles-là mêmes qui seront recommandées par les algorithmes. L'illusion de contrôle est gratifiante pour chaque utilisateur qui se sent maître de son choix alors qu'il est l'objet de calculs algorithmiques.

Au début des années 2000, le PDG de TF1 fit scandale en admettant vendre aux publicitaires le « temps de cerveau disponible » des téléspectateurs. Plus ses programmes étaient suivis, plus cher valait l'espace publicitaire vendu par sa chaîne. Le même type de rapport caractérise le monde de l'Internet. Les algorithmes y jouent les chasseurs de temps chargés de fixer l'attention de l'internaute par des contenus qui lui plaisent, choisis à partir de ses propres données. Ce temps de cerveau capté est vendu, assurant la fortune des sites les plus fréquentés. Lorsque nous chargeons une page web, nous sommes instantanément identifiés, notre profil est dressé en fonction des traces laissées par nos précédentes consultations, enregistrées par des cookies. Ce profil est mis aux enchères par l'intermédiaire de robots programmés par les annonceurs qui veulent placer leur publicité sur le site consulté. Il faut moins d'une seconde pour que le plus offrant emporte le marché, dont le prix a été fixé en fonction de la probabilité que nous cliquions ou non sur le bandeau publicitaire qui va apparaître sur le site une fois ouvert. Ce calcul de probabilité tient compte de nos habitudes connues grâce à nos données. En ce qui concerne l'impact pour le produit à vendre, des études publicitaires ont démontré que cette méthode serait un tiers plus efficace qu'un *media planning* classique élaboré par un professionnel.

L'Internet n'offre pas d'ouverture, il enferme, quel que soit le site ou la plate-forme visités. L'utilisateur se croit unique alors qu'il n'est qu'une particule d'un groupe allant dans un même sens, selon une impulsion donnée. Dans cette personnalisation de masse, si l'on peut dire, chacun dispose d'un service à sa mesure, taillé à ses goûts, tout en étant seul face à des choix « recommandés », bercé par l'illusion d'appartenir à une vaste communauté, celle des internautes. Derrière l'apparent sentiment de liberté que suscite la dimension infinie de l'offre, une multitude de normes se forment, modulables en fonction de l'âge, des niveaux sociaux, culturels, des orientations sexuelles, etc. Ces normes délimitent, bornent l'individu afin de le contenir sur le même de l'Internet, c'est-à-dire en un élément ou en un phénomène repris et décliné en masse.

Une expérience, menée par des universitaires de New York et de Stanford, auprès de plusieurs milliers d'utilisateurs de Facebook, auxquels il avait été demandé de se désactiver pendant quatre semaines, a permis de constater chez eux une montée en flèche de leur sentiment de bonheur pour avoir été moins soumis à l'influence du réseau, moins polarisés dans leurs opinions. Après cette expérience, la plupart des « sevrés » ont réduit d'un quart leur temps passé sur le Web.

L'Internet consomme toujours plus de notre temps quand les outils numériques nous proposent d'en gagner grâce aux algorithmes, dans le domaine des connaissances, en matière d'échanges et d'aide notamment. Nous sommes doublement aliénés, par la captation de notre attention et par le mécanisme de dépossession qui se met en place au travers du lien de dépendance que développe l'outil numérique qui conquiert, transforme et produit du temps. La multiplication des relations qu'offre l'Internet mène à une saturation sociale susceptible d'isoler l'usager. Celui-ci cherche alors à surmonter cet état en s'investissant encore davantage sur la Toile, renforçant à la fois son aliénation à l'outil et son isolement. Alors que les réseaux sociaux sont devenus des liens de proximité dans le monde du Web sans limite, le voisin d'à côté peut fort bien rester un inconnu pendant que l'internaute du bout du monde devient un partenaire intime. Si la machine peut servir de trait d'union entre les hommes, en aucun cas elle ne saurait être un modèle de relation sociale.

En 1979, lors de l'inauguration à Paris d'un colloque international sur le thème « Informatique et société », Valéry Giscard d'Estaing, à l'époque président de la République, pointait déjà les risques d'aliénation qu'un abus de technologie fait courir si l'on se cantonne au rôle de « consommateur d'images et de signes, placé devant un écran universel capable de solliciter tous les savoirs, toutes les mémoires et tous les services. Il n'y aurait plus besoin pour lui de se déplacer, ajouta-t-il : l'enseignement, les achats, les consultations médicales, et même une grande partie des activités professionnelles se feraient à domicile ». Près d'un demi-siècle plus tard, nous y sommes. « Le monde serait proche, mais l'homme n'aurait plus de voisin », avertit-il.

Il est admis que la maîtrise de la machine améliore *ipso facto* la création, ce qui incite au développement sans fin de la science et de la technique, comme si d'elles seules dépendait le salut. L'espérance est universelle, toute innovation entraîne aux quatre coins du monde les mêmes effets, adaptés aux particularités de chaque tradition, dans le travail, le cadre de vie, les rapports sociaux, les relations humaines, en politique, etc. L'universalité du Web, sans lequel nous ne serions plus capables de vivre, en est la plus probante démonstration depuis l'époque de la Révolution industrielle qui a bouleversé en son temps les rapports de l'homme à son environnement, comme les relations entre eux. Cette fois, néanmoins, le média est devenu maître de nous-mêmes. Si une nouvelle technique implique un nouveau langage qui lui-même influe sur le mode de penser, voire sur la morale et les mœurs, cette révolution numérique tranche avec les précédents bonds en avant de l'humanité en remettant en cause des concepts comme la connaissance et la vérité, en hiérarchisant ce qui est important ou non, possible ou pas, réel ou virtuel. Autant de nouvelles normes auxquelles nous devons nous soumettre pour continuer à vivre ensemble.

NORMALISATION

« Veux-tu avoir la vie facile ? Reste toujours près du troupeau, et oublie-toi en lui. »

Friedrich Nietzsche

« Mais, s'insurgeait-il, j'entends maintenant crier de tous côtés : ne raisonnez pas ! L'officier dit : ne raisonnez pas, mais faites l'exercice ! Le conseiller aux finances : ne raisonnez pas mais payez ! Le prêtre : ne raisonnez pas mais croyez ! (Il n'y a qu'un seul maître au monde qui dise : raisonnez autant que vous voulez et sur ce que vous voulez, mais obéissez !) Partout ce n'est que limitation de la liberté. »

Emmanuel Kant

« L'homme, cet être flexible, se pliant dans la société aux pensées et aux sentiments des autres, est également capable de connaître sa propre nature lorsqu'on la lui montre, et d'en perdre jusqu'au sentiment lorsqu'on la lui dérobe. »

Montesquieu

Nous vivons à l'ère de Platon 2.0 où les écrans sont devenus notre caverne. Dans ce célèbre mythe vieux de vingt-cinq siècles, le philosophe grec raille les hommes enchaînés et immobilisés au fond d'une grotte, le dos tourné au monde extérieur dont ils prennent connaissance par des ombres projetées sur les parois, ce qui leur fait confondre apparences et réalité. Pour connaître le bien, pour le transmettre, Platon incite ses semblables à sortir de la caverne afin d'affronter le vrai monde, non sans craindre que, faute de supporter l'épreuve, ils ne préfèrent leur état antérieur à cette libération. Dans l'univers foisonnant des connaissances actuelles, et face à la diversité de notre environnement, le Web facilite notre appréhension de ce qui nous est extérieur : les parois de la caverne reflétaient un monde restreint, nos écrans nous font voir et connaître une infinie diversité. En ce sens, l'inquiétude de Platon n'a pas lieu d'être, quand sa caverne éloignait les hommes de la complexité du monde, le numérique nous l'ouvre. On sait pourtant que ce que l'Internet nous permet d'appréhender n'est pas TOUT le monde, mais une sélection sous l'égide d'algorithmes activés à partir de nos propres données.

Notre attachement, notre enchaînement aux outils numériques nous fait voir ce que nous voulons voir, sans l'avoir choisi librement, en fonction de goûts et d'intérêts variés, synthétisés selon des calculs qui nous échappent. Nos écrans sont le reflet d'un monde extérieur représenté, d'autant moins connaissable dans sa globalité qu'il est désormais complexe. En ce sens, les craintes de Platon restent d'actualité. Une fable chinoise sur le sort d'une grenouille qui vit au fond d'un puits fait écho à ce mythe. Ce que le batracien y voit du ciel représente pour lui l'entière voûte céleste. Une tortue de passage lui parle de la mer qui est autrement plus vaste que le cloaque où il vit. La grenouille ne la croit pas. Cette fable peut également s'appliquer à notre monde. Ce que l'on voit via l'Internet n'est certainement pas tout ce qu'il y a à savoir sur le monde, tout au plus des fragments dont le choix nous est imposé parce qu'il nous échappe.

Wall-E, un dessin animé produit par Pixar, sorti sur les écrans en 2008, conte les aventures d'un robot à une époque où les hommes ont quitté la terre, devenue invivable, pour se réfugier dans des vaisseaux spatiaux. À leur bord, ce qu'il reste de l'humanité mène une vie assistée en permanence par la technologie. La complète passivité des survivants et leur dépendance envers les machines leur ont fait perdre l'usage de leurs jambes atrophiées, ils sont ventripotents et se déplacent désormais sur des fauteuils volants. L'oisiveté les a rendus incapables de s'extraire de la technologie, leur libre arbitre est devenu inexistant, leurs connaissances se limitent à celles dispensées par les outils utilisés, ce qui les rend vulnérables au moindre imprévu.

Caricaturale, cette fiction n'en reflète pas moins en partie notre monde. Pour l'Organisation mondiale de la santé, l'obésité est déjà une épidémie. La proportion des personnes en surpoids dans le monde a triplé ces quarante dernières années : 1,2 million de personnes en meurent chaque année en Europe. La malbouffe, la pauvreté en sont les causes, au même titre que la sédentarité. Passer en moyenne 115 jours par an devant des écrans, pour l'ensemble de la population mondiale, est un facteur aggravant. Par ailleurs, l'Internet est devenu une référence absolue en matière de connaissance, au point de croire uniquement en ce qu'on y trouve, et de nier ce qui n'y figure pas, comme dans *Wall-E* où tous ne voient le monde qu'au travers des écrans. Le « je ne l'ai pas vu sur Internet » est un argument rédhibitoire pour disqualifier les faits et les propos dont nous ne voulons pas entendre parler. Le Web est devenu notre bible et notre juge de paix. Dans *Wall-E* encore, la réalité extérieure existe uniquement par le biais des machines, comme les ombres dans la caverne de Platon. À l'instar des enchaînés du mythe ou de la grenouille au fond de son puits, l'internaute peut perdre l'envie de s'aventurer au-dehors, et manquer d'intérêt pour tout ce qui est extérieur à l'univers numérique. L'avènement du métavers rend ce scénario crédible.

L'Internet n'aurait pas pris une telle importance dans nos vies s'il ne répondait pas à des besoins essentiels. Le constater va au-delà de la problématique du progrès technique ou de la simple utilité, même s'il est vrai que le Web est devenu indispensable à la marche du monde. L'usage intensif que nous en faisons est le meilleur indice de satisfaction possible. Que comble cette aliénation aux nouvelles technologies et, par conséquent, comment comprendre en quoi elles nous dépossèdent et nous transforment à la fois ?

La similitude des comportements provoqués par les multiples applications du Web, par-delà les frontières et en dépit des diversités culturelles, est un bon indicateur des bouleversements éthiques qu'induisent ces nouveaux outils sur l'être humain en général. Ce qui est en jeu ne se limite pas à la simplification du quotidien, à une ouverture d'esprit sur d'autres connaissances, à une contraction du temps et de l'espace. Il s'agit autant d'une autre manière d'être en société à travers la diffusion de morales prometteuses, d'une vie plus harmonieuse, meilleure. Le Web chamboule notre rapport au monde tout comme il transforme nos mœurs par l'emprise exercée sur notre quotidien. Dès lors, la normalisation est double, dans les comportements comme dans les modes de vie et de pensée, avec les algorithmes qui en canalisent les ressorts.

Liberté d'expression, transparence, échange de connaissances, créativité : l'usage du Net tient les promesses de ses inventeurs. En dehors de l'attrait de la nouveauté que rencontre toute technologie novatrice, le pourquoi de ce succès interroge. Le Web satisfait deux tropismes humains, d'apparence contradictoire – l'individualisme et l'égalitarisme –, qui se complètent en l'occurrence. Mettre tout sur nous-même en réseaux nous dévoile autant que les autres s'y découvrent. L'exposition y est narcissique d'un côté, voyeuriste de l'autre, elle permet de s'affirmer comme de se comparer, réveillant en nous l'éternelle tentation égalitaire que nos différences alimentent.

L'Internet est souvent accusé de contenter les individus-rois que nous sommes. Penser en ces termes est une manière de condamner le processus numérique tant l'individualisme n'a pas bonne presse de nos jours. Il n'en a pas toujours été ainsi. L'affirmation de l'individu est apparue avec la conviction que seul l'homme donne sens, vérité et valeur au monde qui l'entoure. Cette pensée essentiellement politique a été exposée entre autres par Benjamin Constant, en 1819, dans son discours sur « la liberté des Anciens comparée à celle des Modernes ». C'était pire auparavant quand la tradition s'imposait sous la forme d'une transcendance à laquelle l'homme se devait d'obéir, ou qu'elle l'obligeait à se plier aux lois de la nature, sans libre arbitre.

Qualifié de « religion du temps moderne » par le sociologue Émile Durkheim, l'individualisme a été ostracisé dès le milieu du XIXe en tant que manifestation de l'égoïsme bourgeois – cette classe porteuse, à l'origine, de l'émancipation dont la Révolution française fut la promesse. Par la suite, la pensée progressiste, qui s'est autoproclamée héritière de l'esprit de 1789, a réussi à stigmatiser la primauté de l'individu sur le collectif comme l'expression des plus privilégiés. Le prolétariat anonyme de la Révolution industrielle et la mise en place des États-nations, initiateurs notamment de la conscription, ont annoncé l'avènement de l'ère des masses, dont la guerre de 14-18, avec ses millions de morts inconnus, a été l'apothéose. Plus tard, ces masses sont devenues le substrat des régimes totalitaires, le fait politique majeur du XXe siècle.

Le primat de l'individu est revenu quand l'échec des régimes collectivistes s'est avéré patent. L'expansion de l'économie marchande, avec la mondialisation qui choie le consommateur, ajoutée à la *peopolisation* des sociétés médiatisées, a remis l'individu au centre des préoccupations dès la seconde moitié du XXe siècle. Au plan des idées, l'espérance révolutionnaire née avec la Révolution française s'est fracassée sur la réalité des régimes totalitaires qui s'en sont réclamés. La perspective d'un avenir radieux commun s'est éloignée pour laisser place à un repli sur soi égotiste. L'évolution des mœurs aux États-Unis dans les années 1970 en témoigne, au moment où l'utopie d'Internet est en gestation. La tendance est au bien-être personnel : sentir, laisser aller ses émotions, prendre soin de son corps, rechercher le plaisir, s'immerger dans les philosophies de la sagesse orientale. Vivre dans l'instant et pour soi-même caractérise cette crise spirituelle en rupture avec l'esprit corporatiste des générations précédentes. Le « tout tout de suite » et le « jouir sans entraves », ces slogans de la France post-soixante-huitarde, ont participé à ce retour de l'individualisme.

Dans le même temps, les moyens de communication de masse dispensent une *American way of life* porteuse d'un culte de la célébrité qui suscite des rêves de gloire et de renommée. S'identifier à ceux qui sortent du lot commun, s'émanciper de la banale existence du quotidien, deviennent des idéaux. La valorisation du moi que colporte la culture américaine est en adéquation avec la demande de reconnaissance individuelle. La littérature de cette époque l'illustre avec le développement de l'autofiction, appelée à un bel avenir, où se mêlent analyse personnelle et complaisance envers soi-même. La vogue de la psychanalyse comme panacée des maux de chacun complète la quête individualiste que le succès d'une série comme *En thérapie* prolonge de nos jours.

Les rapports marchands capitalistes, sous la houlette de la puissante économie américaine, sont souvent rendus coupables d'avoir engendré cet individu-roi. L'explication est réductrice. Son avènement est tout autant une manifestation du désir d'être maître de son destin. Un tel comportement est à mettre en relation avec notre meilleure connaissance de l'environnement, de notre volonté d'agir sur et en fonction de notre milieu, le tout non sans hubris. Cette confiance en nous développe un chacun pour soi qui incite à vouloir sortir de la masse, de l'anonymat, pour être reconnu. Ce besoin, l'Internet le comble en favorisant des comportements individualistes où être vu suffit pour être, où s'exprimer fait croire que l'on existe, où l'on prend plaisir à faire du reste du monde le témoin de sa vie. Les outils numériques à notre disposition permettent l'admiration de soi-même et facilitent celle que les autres sont censés nous renvoyer, une démarche proprement narcissique. Ce faisant, les nouvelles technologies sont devenues parties prenantes du processus de socialisation des êtres humains puisqu'elles permettent de nous différencier pour nous affirmer, d'imiter pour nous conformer, suivant un rituel qui a toujours jalonné l'apprentissage du vivre-ensemble. Leur usage intensif et leur imprégnation sur notre quotidien n'en modifient pas moins les rapports des uns avec les autres.

Ces outils captent l'attention, ils modifient les relations entre les individus par leur rôle d'intermédiaire, par leur fonction de média. Le langage utilisé s'adapte à ce changement, qu'il s'agisse d'affaires privées, du secret, de l'image donnée de soi ou d'un récit personnel. Les rapports sociaux, amoureux et amicaux, régis par les applications, s'immiscent dans l'intimité de chacun. Le rapport aux autres se trouve modifié par l'accélération des échanges personnels. Confessions, aveux, dévoilements foisonnent en un « toujours plus, toujours plus vite » où l'appétence pour la Toile, qui croît à mesure de sa pratique, finit par faire émerger une sorte de moi mondialisé.

En une vingtaine d'années nous avons connu l'irruption de l'intime avec les blogs, vite supplantés par la course aux réseaux sociaux, elle-même doublée par le culte de la personne grâce au partage des photos, avant de laisser place aux témoignages par vidéo. Chaque étape a connu ses applications phares, Facebook, Instagram, Snapchat, TikTok, etc. Le métavers, dont l'internaute devient le héros fictif d'une réalité virtuelle rêvée, mêlant ludisme et nombrilisme, est la prochaine frontière. L'obsession du bien-être, le repli sur soi figurent parmi les incidences de cette marche en avant nombriliste.

Le bien-être est une revendication moderne, une manifestation du confort bourgeois que l'État de souveraineté populaire, né avec la Révolution française, a reçue pour charge d'assurer. « Le bonheur est une idée neuve en Europe », disait Saint-Just en 1792. Quand la Révolution industrielle a introduit de nouveaux besoins, tout le monde a espéré en profiter. La redistribution des bienfaits du progrès est devenue une revendication que l'État va se charger de satisfaire au nom de l'équité. La notion d'État-providence, qui a pris de l'ampleur après la Seconde Guerre mondiale, conforte l'autorité publique dans son rôle de bienfaiteur des citoyens. La société de consommation, qui s'épanouit dans ces années-là, fait même du bien-être une fin en soi : « Ce qui est nouveau n'est pas l'aspiration collective et égalitaire au bien-être, constate alors Edgar Morin, mais l'idée que le bien-être puisse être le fondement même de la vie » (*Sociologie*, Fayard, 1984). Confort de l'habitat, commodités diverses, multiplication des appareils ménagers, diffusion des loisirs contribuent à la recherche de ce bien-être, dont le terme de « cocooning » devient la transcription dès la fin du siècle dernier.

Nouvelle manière d'habiter le monde et de s'habiter soi-même, la quête du bien-être n'a plus le caractère altruiste d'origine. Place est faite au repli sur soi où l'Internet, qui met l'utilisateur au centre de son propre monde, sert d'exutoire. Les conséquences de ce bien-être autocentré sont multiples : isolement, défiance envers l'Autre – hormis pour susciter son admiration –, délégation de ses responsabilités aux autorités chargées de protéger la communauté. Vivre pour soi à travers le Web implique par ailleurs de vivre dans l'instant grâce à la fulgurance des connexions qui répond aux envies et besoins exprimés. L'immédiateté des services offerts par la Toile bouleverse le rapport au temps. L'internaute finit par se mouvoir dans un présent perpétuel, il en devient même prisonnier faute de culture de référence, de repères historiques, qui aident d'ordinaire à s'enraciner. Sollicité pour épouser des causes prétendues justes, il y adhère alors volontiers avec la bonne conscience du néophyte, le tout dans un « présentisme » exclusif.

La transparence, l'autre grande promesse du Web, flatte le narcissisme de l'internaute, elle en renforce les ressorts intimes. Se distinguer nécessite de se comparer, se montrer et voir les autres aide à estimer sa propre valeur. Un défaut de reconnaissance peut susciter de la frustration, incitant l'usager du Web à se faire le chantre de l'égalité, une inclination qui consiste le plus souvent non pas à s'élever au niveau des autres, mais à les ramener à soi. La culture du moi s'accommode fort bien de la passion égalitaire : revendiquer sa différence n'exclut pas de s'identifier aux autres, surtout si rien ne permet de les distinguer de nous.

Dans *Nous autres*, roman écrit en 1920, le Russe Evgueni Zamiatine narre la construction d'un vaisseau spatial chargé d'aller convertir les civilisations extraterrestres au bonheur, sur le modèle de la cité de verre où se déroule l'action du roman. Ses habitants y vivent sous le regard permanent de tous. Ce récit est l'un des premiers à avoir dénoncé l'emprise totalitaire d'un régime de type communiste prétendant au bonheur pour tous. On peut y voir aujourd'hui une allégorie de notre univers numérique. Le fantasme d'une société sans classes, transparente et soumise à des règles communes, répond à une passion égalitaire aussi vieille que la vie en société. Le Web, accessible à tous, donne à croire aux internautes qu'ils sont tous logés à la même enseigne. Et puisque l'égalitarisme ne repose pas seulement sur la convoitise de ce que les autres possèdent, mais également sur le soupçon de ce qu'ils cachent, la transparence du Net est appelée à faire la lumière sur ces coulisses, poussée par l'appétence des internautes à en savoir toujours plus sur leurs semblables.

Le succès de l'émission « Loft Story » à la télévision, à l'aube de ce siècle, préfigurait ce monde où l'œil de Caïn est le regard des autres. En 2010, le créateur de Facebook, Mark Zuckerberg, estimait la notion de vie privée dépassée, lui préférant le terme de « vie en public ». Un an auparavant, le PDG de Google avait manifesté de l'incompréhension envers ceux qui cherchent à protéger leur vie privée, sans doute dans l'intention de dissimuler quelque chose, disait-il. L'immixtion des outils numériques dans les moindres aspects de l'activité humaine fait fi de la protection de l'individu héritée de la philosophie des Lumières, qui privilégiait la distinction entre vie publique et vie privée. La transparence revendiquée fait de l'ingérence une exigence de l'internaute, en toute bonne conscience. Auto-érigés en garants de l'équité, les croisés du Web se croient volontiers l'avant-garde d'une nouvelle justice sociale quand ils sont les fourriers d'une régression des libertés dont l'égalitarisme a toujours été porteur. L'envie, la jalousie, la haine même, ressorts connus du tropisme égalitaire, peuvent aujourd'hui s'exprimer à grande échelle sur le Web, surtout s'il s'agit de traquer des signes extérieures de richesse, insultes à l'égalité revendiquée. Juge et partie à la fois, les sans-culottes de l'Internet se revendiquent volontiers d'une terreur virtuelle assumée, dont la frontière avec la terreur réelle peut s'avérer aussi fine qu'une lame quand le harcèlement devient une arme.

La passion égalitaire alimente l'indignation et développe le sentiment de victimisation chez ceux qui s'estiment lésés dans leur bien-être, ou dans la reconnaissance de leur statut. Être indigné offre des avantages, en premier lieu une posture de chevalier blanc dont l'intransigeance morale et la beauté de l'âme obligent les autres à se rallier à son panache sous peine de passer pour des salauds, indifférents au sort commun. S'indigner est également source de fierté au nom de la cause défendue, forcément juste. L'indignation sert de critère de sélection entre bons indignés et méchants indifférents. L'indigné peut par ailleurs affirmer son moi lorsqu'il s'identifie à la cause qu'il défend, ramenant tout à l'aune de sa révolte. *Indignez-vous !* de Stéphane Hessel (2010) fut un succès de librairie du début de ce siècle avant de devenir un mot d'ordre sur la Toile. Indignation et victimisation vont de pair dans un va-et-vient quasi inextricable, les victimes s'indignent de l'être, leur sort indigne.

La revendication victimairc, cllc, n'a pas attendu l'Internet pour être mise en avant, en revanche les outils numériques en ont considérablement banalisé le statut. Des victimes, l'Histoire universelle en est jonchée, il faut pourtant attendre les guerres du xxe siècle pour qu'hommage leur soit rendu : les soldats héroïques de 14-18 vont finir par être perçus comme les victimes des boucheries qui ont ponctué le conflit, pendant que les victimes de la Solution finale nazie vont être élevées en héros.

Hors d'un cadre guerrier, il y a eu peu de victimes collectives jusqu'à récemment. Pour que ce statut se développe, il a fallu l'imprimatur du reste de la société, un consensus général légalisé par la notion de crime contre l'humanité adoptée à la fin de la Seconde Guerre mondiale. Cette reconnaissance acquise, le droit des victimes est devenu une notion juridique accordée par les États au nom de la communauté humaine. Les victimes ont obtenu un statut social qui leur permet de faire valoir un droit à la réparation dont la société devient redevable. Cette « socialisation » des victimes a fini par faire partie du pouvoir discrétionnaire de l'État-providence. À rebours, ce statut social implique que les victimes peuvent se retourner contre la société si elles estiment que l'État-providence a failli à sa mission protectrice.

La victimisation devient une cause quand l'usage de la notion même de victime est assimilée à une faillite de la société. La « dette sociale » conçue comme un devoir envers les victimes nourrit la victimisation. Complexer, culpabiliser les autres de ne pas avoir rempli leur droit et devoir à l'égard des victimes s'avère un moyen efficace pour obtenir réparation. Le Web amplifie considérablement le processus, comme en témoigne l'inflation des revendications victimaires sur le Net. Toute personne ou catégorie d'individus qui s'estime victime se croit en droit d'attendre une réparation de la collectivité. Le malheur individuel se mue alors en affaire de tous. La victimisation finit par toucher tous les secteurs de la société pour servir de marqueur des inégalités et de fonction revendicatrice.

L'état d'esprit victimaire n'est pas une manifestation de l'individu-roi, comme il est souvent dit. Il s'agit plus sûrement d'une dérive du besoin de protection et de sécurisation auxquelles les citoyens se sont habitués avec l'extension de l'État-providence. Les revendications sociétales qui encombrent dorénavant la Toile l'attestent. Sexe, race, mœurs, être victime est devenu une posture identitaire. Le glissement vers une victimisation subjective entretient les revendications victimaires qui rendent la collectivité responsable de la discrimination ressentie. Quand le malheur individuel est porté à la connaissance générale, ce n'est pas le chacun pour soi qui triomphe mais le tous pour moi.

Ces exigences colportées par l'Internet bouleversent les manières d'être. De nouvelles normes se mettent en place, qui bousculent les règles du vivre-ensemble. La technologie n'est pas à blâmer cette fois encore, c'est l'usage qui en est fait par ses utilisateurs et les profits qu'en tirent les opérateurs qui sont en cause. Croire que la transparence du Web annonce une société plus ouverte reste une utopie. L'addition des revendications qu'autorisent les outils numériques ne forme pas plus une humanité qu'une somme d'individus poursuivant chacun leurs propres intérêts ne ferait société. Il est vrai qu'un monde connecté laisse espérer l'avènement d'une volonté d'agir en commun sur des sujets d'intérêt général. Au lieu de cela, l'expansion sans limite des relations que permet l'Internet conduit à une saturation sociale qui paralyse l'usager sous l'effet des sollicitations diverses dont il est l'objet. L'internaute ne sait plus à quelle cause se vouer, alors il suit le mouvement.

Entre la virtualité développée par la Toile et les problèmes du monde réel, deux univers se côtoient, pendant que le repliement de l'internaute sur lui-même, qui satisfait son individualisme, le divertit de son environnement. Quand les jeux vidéo détournent les esprits plus de neuf heures par semaine en moyenne en France, l'isolement s'en trouve renforcé. Quand le joueur est seul face à sa machine – portable, ordinateur, télévision –, il sort du cadre usuel des jeux de société qui aident d'ordinaire à établir des liens de sociabilité. Quand pouvoir, violence, manipulation sont au centre de l'action des divertissements en question, le respect envers son semblable disparaît. La personnalité même de l'internaute s'efface derrière son identité numérique qui lui permet d'accéder aux services du Net. La valeur marchande de l'usager, nécessaire à la prospérité des sites consultés, finit par supplanter l'individu. « Pour le citoyen de demain, l'identité sera la plus précieuse des marchandises, et c'est essentiellement en ligne qu'elle existera », prédisait il y a dix ans Eric Schmidt, alors président du conseil d'administration de Google (*À nous d'écrire l'avenir*, 2013). Ainsi, tout en offrant une illusion de reconnaissance de soi, la pratique de la Toile tend à l'effacement de chacun dans l'univers numérique.

Enfermement, dépersonnalisation, isolement : l'internaute ressent ces effets. Sa participation aux réseaux sociaux est une manière de les pallier. Facebook, en développeur de liens, offre l'illusion de (ré)exister, les messageries expriment des opinions, les selfies permettent de se montrer, les vidéos servent à se mettre en scène. Le Web devient le théâtre d'une double mutation, d'apparence contradictoire, mais une fois encore complémentaire : refuge des individualismes, il isole l'individu ; caisse de résonance des revendications, il se fait l'amplificateur des intérêts de groupe. Il sépare autant qu'il rassemble.

Au fond, les nouvelles technologies répondent aux besoins que chacun y apporte. Dans la galaxie « webienne », les réseaux sociaux satisfont à deux comportements fondamentaux : le narcissisme par le biais du regard des autres, le conformisme par l'assimilation des opinions autres, par suivisme. Le côté actif qui y prévaut – l'on s'y présente sous son meilleur jour – exacerbe les différences qui, pour ne pas provoquer l'hostilité, précipitent le désir de se comporter comme tout le monde de peur d'être exclu de la communauté. L'internaute qui se pense seul au monde, en tout cas unique, se trouve en pratique enserré dans la Toile, ce qui l'oblige à la conformité au risque d'en être chassé, insupportable blessure d'orgueil. Dans ce processus narcissique de groupe, la volonté d'identification aux autres l'emporte par instinct de sauvegarde. Par la grâce des réseaux sociaux, l'internaute peut ainsi se sentir lui-même et en sécurité, quitte à y laisser de sa personnalité en se fondant dans le groupe.

Le mimétisme est une composante essentielle du vivre-ensemble. Les réseaux le favorisent. L'usage généralisé et intensif du Web en fait un phénomène de masse qui pousse aux regroupements, qui oblige à la conformité. Les réseaux sociaux ne peuvent pas se permettre d'être porteurs d'une trop grande diversité d'opinions quand ils servent de dénominateur commun à la doxa. Leur fonctionnement oblige au regroupement des opinions, que facilite la simplification des choix. Les « j'aime », « j'aime pas », dynamique d'une partie des échanges, enferment les débats dans une dimension binaire qui n'est pas sans correspondre au système, lui-même binaire, de l'électronique, mère de la révolution numérique. Contrairement à ce qui est le plus souvent prétendu, l'Internet ne garantit pas la liberté d'expression. Ce qui s'y exprime correspond à des choix dictés par le conformisme des « réseauteurs », conséquence du mimétisme qui y prévaut, conforté par la technologie binaire utilisée, concentrée par les sites en vogue.

Avec Facebook, à l'initiative de ce choix binaire en 2009, la communication a pris un tour où l'échange s'est effacé devant le jugement, et le dialogue a laissé place aux critiques des uns sur les autres. De son côté, le « retweet » de Twitter a permis à ses utilisateurs d'endosser un post en le partageant avec d'autres. La combinaison de ces deux fonctions facilite des abus de pouvoir que la prétention des internautes à se croire les porte-parole d'une conscience collective justifie.

Le titulaire d'un compte garde toujours un œil sur la réception de son message, mesurée par la technologie, ce qui influence ses idées et la façon de les exprimer. Il peut prendre le risque de faire le buzz afin d'être remarqué, sous peine de se retrouver marginalisé faute de followers. Il est plus sécurisant pour lui de se laisser porter par le *mainstream*, d'être dans le troupeau numérique. Il en résulte une uniformisation des échanges, un appauvrissement des contenus, une simplification des opinions, qui facilitent l'agrégation des internautes autour de grandes causes générales, de beaux principes, en guise de certificat de conformité. Vus ainsi, les réseaux sociaux servent de liens de sociabilité, une nécessité pour l'internaute isolé dans l'infini du Web, ou si l'on préfère de lieu d'humanité dans un monde numérisé, dématérialisé. Autre perception possible : les réseaux sont des espaces de normalisation indispensables à l'uniformisation des opinions et des comportements des individus-rois qui se complaisent dans le miroir narcissique du Net. Dans tous les cas, le Net joue un rôle d'intégration qui répond à la fois à la nécessité pour l'internaute de faire société à l'ère du tout-numérique et au besoin de la communauté de trouver un langage commun pour s'entendre et se conformer. Ce contrat est toutefois faussé par l'intervention d'un tiers acteur, l'algorithme, qui détermine les rapprochements des uns avec les autres, qui influence leurs relations, qui transforme les réseaux sociaux en école du panurgisme où les internautes en quête de certitude et de sécurité aiment s'abriter.

L'algorithme est le maître de la Toile. Il fournit à l'utilisateur une information sélectionnée en rapport avec ses intérêts, identifiés grâce aux données laissées par ses navigations sur le Net. Puis il regroupe les internautes par affinités autour de thèmes communs, déterminés à partir de ces mêmes données. Ces deux fonctions sont en adéquation avec la nature du Web qui isole et rassemble à la fois. Dans ces conditions l'Internet ne saurait être un outil de la démocratie. Les connexions, les choix exprimés procèdent de ces calculs qui ignorent le principe de un homme = une voix, mantra de la démocratie, pour former *a contrario* des collectifs. L'algorithme est tout autant antinomique de la notion de libre arbitre quand les centres d'intérêt, les activités, les rencontres dépendent de la manière dont il les gère.

Le redéploiement des identités, qui résulte des calculs algorithmiques et des manières de les associer, suscite des actions inattendues : pétitions en ligne, mouvements solidaires, agitation sociale, défense d'intérêts corporatistes, etc. Ces rassemblements ne préjugent en rien de l'identité de chaque participant, la personnalité des internautes s'y déconstruit pour se reconstituer autrement dans l'interactivité alimentée par la machine. Le résultat de ce processus n'a rien de nouveau, hormis la technologie qui en facilite l'émergence : il est pareil à la mutation maintes fois observée de l'individu en homme-foule alors prêt à se joindre à la masse au sein de laquelle il n'est plus ni différent ni meilleur qu'un autre. Le réseau social aide ainsi à combler l'idéal d'égalité que l'internaute est venu chercher sur le Web.

Les algorithmes ne sont pas seuls responsables du holisme cybernétique que favorise notre monde interconnecté. L'accélération du temps et le rétrécissement de l'espace, la profusion des connaissances, la fragmentation des tâches, ces effets de l'ère numérique incitent l'internaute à se regrouper pour (re)trouver des repères communs. Se rassembler relève de l'instinct pour l'être l'humain en quête de sécurité. Faire masse protège l'individu de l'hostilité extérieure et le rassure vis-à-vis de ses semblables. L'union permet d'atténuer la peur des autres, les différences se dissolvent dans un tout égalitaire qu'incarne l'homme-masse. À l'ère victimaire, les réseaux sociaux aident l'internaute à se protéger d'une adversité réelle ou supposée, à lui assurer le bien-être de l'anonymat, à satisfaire son instinct grégaire. Le Web a fini par jouer le rôle de maison commune de l'humanité, protectrice et rassurante.

Nul besoin de réfléchir dans la foule numérique, tout le monde va dans le même sens. Le mimétisme rassure, il évite de se distinguer, de s'attirer l'animosité d'autrui, il tient de la sauvegarde de soi-même. Si l'internaute en réseau perd de sa liberté individuelle, il y gagne un sentiment de libération collective, il rompt l'isolement qui le renvoyait à lui-même, qui l'enfermait en lui-même. Les réseaux sociaux se comportent comme tout phénomène de masse : l'impulsivité, l'irritabilité, la crédulité, l'intolérance y règnent. La volonté de puissance et les rapports de force les motivent. Comme tels, ils ont besoin d'une direction qui les pousse à agir, qui garantit leur raison d'être et assure leur durée de vie. Une foule sans objectif se désagrège, des réseaux sociaux sans but finissent par disparaître.

Les passions qui servent d'agrégat aux rassemblements numériques s'expriment avec indignation et colère, avec la véhémence à laquelle incite l'anonymat. La polarisation et la radicalité des opinions sont encouragées par la chasse en meute de boucs émissaires désignés à la vindicte. Plus de la moitié des internautes français reconnaissent avoir été confrontés à un déferlement de haine sur les réseaux sociaux. À l'échelle européenne, les trois quarts des usagers du Net affirment avoir été témoin de menaces et d'insultes sur la Toile. L'anonymat qui, dans l'esprit fondateur du Web, devait garantir l'émancipation des communautés virtuelles où chacun allait pouvoir être un autre et s'émanciper de ses racines, est devenu un moyen de désinhibition numérique.

Parallèlement, la radicalité des idées et l'intransigeance du propos que véhiculent les réseaux prémunissent contre le risque, pour leurs membres, d'être à leur tour mis sur le banc des accusés du Net, et de devenir les prochains boucs émissaires. Il s'ensuit une course aux extrêmes pour éviter d'être débordé par plus radicaux que soi. Comme dans tout phénomène de masse, demander toujours davantage et l'exprimer le plus fort possible est un moyen d'emporter l'adhésion. Cette montée aux extrêmes où prévaut la passion plutôt que la raison, oblige l'internaute à se positionner, voire à renchérir puisque l'outrance fait office de sauf-conduit. « Les hommes deviennent petits en se rassemblant, jugea en son temps le poète Nicolas de Chamfort. Plus les individus se rapetissent en s'agrégeant, plus ils exultent à la vue du grandiose. » De nos jours, l'agrégation des internautes leur fait croire à leur propre grandeur.

Les réseaux sociaux répondent aux stimuli classiques de toute communauté, l'émotion prise au sens premier du terme – mouvement, agitation, révolte –, avec l'exclusion de l'autre comme garant de l'unité de leurs membres. L'indignation, indispensable à la cohésion du groupe, doit avoir matière à s'indigner, en général à l'encontre d'un élément tiers perçu comme nuisible à la formation, au fonctionnement et à la cohérence du réseau. La violence qui s'exprime sur le Net n'est pas une dégénérescence dont une meilleure régulation pourrait avoir raison, mais une nécessité pour se faire entendre, transformant le Web en donneur d'ordre autant qu'en directeur de conscience, en contradiction avec l'esprit libertaire qui l'a porté sur les fonts baptismaux.

Pour autant, la radicalité qui agite la Toile n'est pas un phénomène politico-social original, en tout cas en démocratie. Les moyens utilisés et l'ampleur qu'ils donnent à l'expression le sont, en revanche. D'ordinaire, dès que des idées se font librement entendre, il se forme une opinion dite publique, portée par la volonté des hommes de s'associer et de trouver un moyen de faire prévaloir leur point de vue en commun. Cette opinion une fois majoritaire tend à s'imposer au travers de porte-parole institués, chargés de rallier le reste de la société à sa cause. Plus les moyens utilisés par les porte-parole de l'opinion majoritaire sont puissants, plus le succès est attendu, plus le risque est grand de contraindre au silence toute autre expression. Dans un système démocratique, ce risque peut être compensé par une séparation des pouvoirs qui doit permettre à la minorité de se faire entendre au travers d'instances *ad hoc*. Au sein de la nébuleuse du Web, c'est plus compliqué : dans leur rôle d'influenceur d'opinion, les réseaux sociaux ne cherchent pas à étouffer les voix dissidentes, faute de pouvoir entièrement contrôler la Toile, ils les diabolisent jusqu'à les rendre inaudibles.

Dans tout processus démocratique, l'opinion majoritaire a tendance à vouloir dicter ses règles, promouvoir des normes, inciter au conformisme, ce qu'au début du XIXe siècle Benjamin Constant avait stigmatisé par une célèbre formule pointant le danger d'une toute-puissance de la souveraineté populaire qu'il soupçonnait de vouloir « offrir au peuple en masse l'holocauste du peuple en détail » (*Principes de politique*, 1806), autrement dit de céder à la tentation pour la majorité de nier les droits de la minorité. Répétons-le, le conformisme est une conséquence et une nécessité du vivre en société en vue de parvenir à une harmonie commune. Ce conformisme peut s'exprimer à travers divers canaux, des institutions (l'Église à longtemps joué ce rôle), des partis, des syndicats ou encore des groupes de pression persuadés que leurs idées sont les meilleures pour tous. Dans l'univers du Web où il n'existe aucune limite de ton dans les propos – hormis celle que peut dresser une régulation instaurée par les sites et les plates-formes d'accueil –, le conformisme finit par être l'apanage de ceux qui braillent le plus fort, qui accusent et culpabilisent le plus radicalement, en un mot qui terrorisent le reste de la communauté pour faire triompher leur point de vue.

Le processus n'a plus rien de démocratique dès lors qu'interviennent des algorithmes chargés d'amplifier les revendications en agrégeant les revendicateurs, nonobstant la spontanéité, voire la sincérité de tous les membres. Stimulés par des ressorts qui en décuplent la puissance de conformité – l'artifice des calculs numériques combinée à la force du mimétisme –, les réseaux sociaux acquièrent une capacité de prescription inégalée qui finit par impacter la société entière. La haine véhiculée par l'Internet est la manifestation la plus remarquable et la plus dommageable de ce processus. Le mimétisme propre aux rassemblements humains devient dans ce cas du panurgisme, avec les algorithmes en aiguillon. Des boucs émissaires aux profils variés servent à faire avancer tout ce monde en même temps, dans le même sens.

En cette ère victimaire où presque chaque individu est en demande de bien-être, socialement, statutairement, sexuellement, ethniquement..., les réseaux sociaux ont du grain à moudre, des causes à défendre. La formidable libération de la parole qu'offrent les outils numériques à toutes les victimes, est détournée par la technologie qui favorise une montée aux extrêmes. La dénonciation, l'exclusion, l'ostracisme, dont usent un grand nombre de réseaux, en chasse des boucs émissaires qu'ils ont désignés, polluent les échanges sociétaux par leur manière d'être dictatoriale. Le mâle, le blanc, le sexiste, le raciste, le riche, etc., sont sommés de rendre des comptes, leur rejet sert d'agglomérat aux causes qui prétendent répondre aux souffrances du moment. Porté par les outils numériques, le panurgisme devient le messager d'une normalisation des esprits, de la parole, des comportements. L'internaute, qui se croit devenu masse par la grâce des algorithmes, n'a plus qu'à s'offrir l'holocauste de ceux qui ne veulent pas entrer dans le rang.

Penseur de la liberté, le Britannique John Stuart Mill (1806-1873) estimait que la société représente la plus grande des menaces pour la liberté d'expression, voyant même dans ce danger un trait caractéristique de la modernité (*De la liberté*, 1859). Ce jugement, émis en pleine Révolution industrielle, se trouvait conforté à son époque par la multiplication des moyens d'échange – journaux, télégraphe, transports –, au risque selon Mill qu'apparaisse une pensée à la fois diverse, sous la pression de groupes aux opinions différentes, et dominante par l'imposition d'un conformisme institutionnalisé. La révolution numérique, paradigme d'une nouvelle modernité, où l'échange est devenu source de profit pour les entreprises du Net, surmultiplie les risques pointés par Mill. La modernité de notre époque n'est pas de donner la parole à ceux qui en ont été privés, comme en sont convaincus les usagers les plus revendicatifs des réseaux, mais de tuer le débat démocratique, car dans ce monde interconnecté, ce ne sont plus des majorités spontanées qui font l'opinion générale, mais des effets de groupe sous impulsions numériques.

En somme, l'Internet, miroir du nombrilisme individuel autant que refuge des revendications communautaires, alimente des fractures sociales tout en promouvant un conformisme normalisateur sous la contrainte de minorités galvanisées par les calculs algorithmiques, et convaincues en conséquence d'incarner la nouvelle doxa. L'emprise du Web sur nos modes de vie, l'aliénation à ses outils, donnent à toute volonté normalisatrice une ampleur inégalée, au risque de voir des groupes de pression promouvoir leurs valeurs singulières en intérêt général. Toute appropriation, qu'elle soit politique, culturelle, raciale, sexuelle, morale, des règles du vivre-ensemble, aboutit à l'émergence d'un monde normalisé, oublieux de la diversité qui a fait jusqu'ici la richesse de notre humanité.

SOUMISSION

« Sur lui-même, sur son corps et sur son esprit, l'individu est souverain. »

John Stuart Mill

« L'État ne craint qu'un seul rival, l'homme. Je dis l'homme seul, l'homme libre. »

Georges Bernanos

« Ceux qui sont prêts à abandonner des libertés essentielles contre une sécurité illusoire et éphémère, ne méritent ni liberté ni sécurité. »

Benjamin Franklin

Le débat, vieux d'un siècle, fait toujours sens. Dans les années 1920, une partie de l'opinion publique française s'est s'inquiétée de la collecte obligatoire des empreintes digitales pour l'ensemble de la population. Ce n'est pas tant se salir les doigts d'encre qui rebutait que l'idée d'y perdre de sa dignité en se trouvant soumis au même régime que des criminels patentés. Trois arguments ont été opposés à cet émoi. Le premier, d'ordre scientifique, se moquait de ces résistances d'un autre âge alors que la police avait fait de notables progrès dans ses techniques d'identification digitale. Le deuxième, d'ordre sécuritaire, s'étonnait que l'on s'oppose à cette méthode qui permettait aux forces de l'ordre d'être plus efficaces. Le troisième argument, moral, insistait sur le fait qu'il n'y avait rien à craindre à se laisser identifier de la sorte puisque seuls les criminels cherchent à se cacher.

Le relevé d'empreintes est devenu l'usage dans le monde entier. D'autres méthodes d'identification sont apparues depuis, génétique, oculaire, faciale notamment. Elles ne servent pas seulement à résoudre des enquêtes policières, elles sont désormais requises pour franchir les frontières, pour honorer des paiements, pour pénétrer dans certains lieux sécurisés. Ces moyens d'identification font partie de notre vie quotidienne en tant que dispositif essentiel de contrôle. Le relevé d'empreintes peut aisément prendre une dimension politique pour trier, enfermer, éliminer des opposants, des mal-pensants, des étrangers ou toute autre catégorie d'individus qui n'a pas l'heur de plaire aux pouvoirs en place. Ni le monde totalitaire du XXe siècle ni les démocraties ne se sont privés d'en user. Le relevé d'empreintes a peut-être rendu le monde plus sûr, mais aussi plus surveillé. Si l'honnête citoyen n'a pas à s'inquiéter de la méthode, il n'en est pas moins fiché.

Il y a peu, la Commission nationale de l'informatique et des libertés (Cnil) a demandé au ministère de l'Intérieur français de revoir la gestion de son fichier automatisé des empreintes digitales (Faed) après y avoir constaté des abus. Y figuraient alors des informations qui n'avaient rien à y faire (noms de victimes, numéros d'immatriculation), y étaient conservées l'identité de personnes innocentées ainsi que des millions de fiches vieilles de plusieurs dizaines d'années quand la loi exige leur destruction au-delà de 25 ans pour les adultes, 15 ans pour les mineurs. La Cnil s'est encore étonnée que toute personne dont les empreintes sont relevées, notamment lors de gardes à vue, soit laissée dans l'ignorance de l'existence de ce fichier. Tout demandeur d'une nouvelle pièce d'identité, soumis à cette obligation, n'est pas davantage informé du devenir de ce relevé.

La police scientifique, née au XIXe siècle, n'a eu de cesse de s'améliorer comme le montrent les séries policières qui inondent nos écrans. La police numérique, elle, progresse à grands pas. Les données que nous laissons sur le Web sont autant d'empreintes collectées, puis stockées, classées, analysées grâce à des calculs algorithmiques à côté desquels le fichier automatisé du ministère de l'Intérieur paraît antédiluvien. Les documents rendus publics en 2013 par Edward Snowden, l'ancien employé de la National Security Agency devenu lanceur d'alerte, ont révélé comment l'agence américaine capte les métadonnées des appels téléphoniques aux États-Unis et quels programmes de surveillance de l'Internet sont utilisés (Prism, Xkeystone, Boundless Informant, Bullrun) afin qu'aucun échange n'échappe aux « grandes oreilles » américaines. Le GCHQ britannique, le

CSEC canadien, le DSB austalien, le GCSB néo-zélandais, tout ces dispositifs qui interceptent les communications locales et internationales, usent des mêmes logiciels pour enregistrer et trier les données jugées utiles à la sécurité de ces pays.

Les entreprises du Net ne sont pas épargnées par ces intrusions technologiques, qu'il s'agisse d'intercepter les liaisons avec les centres de données, ou de s'attaquer à leurs algorithmes de chiffrement pour mieux les pirater. À la suite de ces révélations, la NSA et ses équivalents dans d'autres démocraties ont dû revoir leurs pratiques, accepter des contrôles juridiques et, dans le cas de la Communauté européenne, mettre en place un Règlement général sur la protection des données (RGPD). Le refus de la plupart des pays du monde d'offrir un asile à Snowden, inculpé d'espionnage et de vol par les États-Unis, illustre une solidarité d'État contre ce lanceur d'alerte. Ses révélations sont venues troubler leurs arrangements avec leurs propres lois sur la protection des libertés individuelles et sur le respect des communications privées.

L'année du scandale Snowden, la société israélienne NSO Group mettait au point Pegasus, un logiciel espion destiné à pirater les smartphones sous iOS ou Android, pour accéder aux fichiers, messages, photos, mots de passe des mobiles.

Pegasus permet également d'écouter les appels, de déclencher l'enregistrement audio et la caméra des appareils, ou encore de géolocaliser son utilisateur. Vendu à des organisations étatiques pour faciliter la surveillance du grand banditisme et du terrorisme, Pegasus a surtout permis d'espionner des téléphones de journalistes, d'opposants politiques, de militants des droits de l'homme dans divers pays aux régimes politiques aussi variés que l'Allemagne, l'Espagne, la Hongrie, la Pologne, le Mexique, l'Inde, le Maroc, en tout une quinzaine dans le monde. En Israël même, pays qui aime se présenter comme une oasis démocratique dans un environnement hostile, Pegasus a été utilisé contre des opposants à la politique gouvernementale, preuve qu'un outil numérique peut être perverti par un pouvoir, quel qu'il soit.

Les empreintes que nous laissons sur le Web sont exploitées avec notre consentement et parfois même avec nos encouragements. Ce volontariat a été salué par ceux qui en profitent : « Vous nous donnez toujours plus d'informations sur vous et vos amis et nous pouvons de ce fait améliorer la qualité de nos recherches, s'est félicité Eric Schmidt lorsqu'il était PDG de Google. Nous n'avons pas besoin du tout de vous catégoriser. Nous savons où vous êtes. Nous savons où vous êtes allé. Nous pouvons plus ou moins savoir ce que vous pensez » (*The Atlantic*, 1er octobre 2010). Grâce à Google Analytics, un service gratuit proposé aux sites pour mesurer leur audience, le géant du Web engrange désormais les adresses IP – le numéro d'identification de chaque périphérique relié à un réseau –, et les données livrées à partir des cookies afin de savoir qui visite tel ou tel site et à quelle fréquence. À partir de ces identifications et grâce au Cloud Act, qui contraint depuis 2018 les fournisseurs d'accès à Internet à fournir aux autorités américaines tout ce qui est relatif aux communications électroniques, n'importe quel internaute peut être surveillé depuis les États-Unis sans qu'il le sache. Il existe déjà une internationale des données comme il y a une internationale des polices. Washington et Bruxelles se sont mis d'accord pour « échanger en confiance » des données personnelles numériques (identité, comportement en ligne, géolocalisaion), « dans le respect de la vie privée et des libertés publiques », évidemment…

L'exploitation de données est essentielle pour influencer les comportements individuels, les « lisser » afin de rendre la communauté des internautes non pas docile, tout au moins disciplinée et surtout prévisible. Pour Alex Pentland, chercheur au MIT, spécialiste de la « société numérique », les traces laissées sur le Net révèlent des conduites réelles à partir desquelles il est possible de modeler des attitudes et des aspirations. Ces données peuvent être exploitées commercialement ou servir à des manipulations. « Si les individus ne réagissent pas de manière correcte et si l'information ne se répand pas de manière correcte, alors de mauvaises décisions sont prises [...], déplore Pentland. Ce qu'on essaie de faire, c'est un symbiote humain-machine, au sein duquel les humains comprennent mieux les réseaux d'interaction grâce aux ordinateurs et où les ordinateurs sont en mesure de mieux comprendre comment travaillent les humains » (*Singularity Hub*, 16 mai 2016).

La « surveillance du comportement de l'utilisateur sur un appareil informatisé », un dispositif mis au point par Microsoft, est capable de contrôler les réactions des internautes, de repérer des déviations susceptibles d'affecter leurs décisions, de détecter ce qui ne correspond pas à ce qui est attendu d'eux et, si possible, de les remettre sur le droit chemin. Facebook a de son côté déposé un brevet d'exploitation sous le titre : « Autorisation et identification basées sur le réseau social de l'individu. » Le but est de cerner la personnalité de l'adhérent via son réseau d'amis, à l'aide des appréciations et des scores qui s'échangent à son propos. À partir de ces résultats, Facebook se fait fort, par exemple, d'établir le profil personnalisé d'un demandeur de prêt bancaire, à partir de son cercle social en ligne.

Dans une société de la confession, qui élève l'exposition publique de soi au rang de preuve première de l'existence sociale, les internautes participent volontairement à l'exploitation de leur personne. Même ce qui n'est pas public, mais livré de plein gré sur les réseaux sociaux, est susceptible d'être utilisé. Pour preuve, Apple se charge de vérifier la « moralité » des photos prises à partir d'iPhone avant leur sauvegarde sur le service en ligne iCloud. La cause est bonne puisqu'il s'agit de détecter des images pédopornographiques, précise l'entreprise qui jure ses grands dieux (technologiques) que la surveillance des contenus n'ira pas au-delà. « Ce qui se passe sur votre iPhone reste sur votre iPhone », assure Apple qui raille les réseaux sociaux qui, eux, font commerce des données des intervenants. Il n'est pas question de mettre en danger la vie privée des utilisateurs, martèle l'entreprise à la pomme qui a déjà refusé au FBI l'accès aux contenus chiffrés d'iPhone de personnes soupçonnées de terrorisme. Cette probité affichée aux États-Unis n'a pas empêché Apple, désireux d'accéder au marché chinois, de céder aux exigences du pouvoir communiste pour que les données des utilisateurs locaux restent stockées en République populaire, ce qui permet au pouvoir de contrôler et d'exploiter leurs contenus.

Le « recrutement algorithmique » est devenu courant sur le marché de l'emploi. De grandes entreprises dépensent des millions pour racheter des sociétés du Web dans le but d'entrer en possession de leur base de données. Aux outils numériques d'y trouver par la suite le profil idéal pour tel ou tel poste. Ailleurs, des algorithmes de management évaluent l'activité des salariés selon une logique de rentabilité. Chez Google, toutes les décisions prises en termes de ressources humaines s'élaborent en fonction des données numériques des salariés. L'équipe de chercheurs d'Alex Pentland du MIT a mis au point un capteur relationnel et sensoriel, expérimenté sur des employés de la Bank of America, afin de mesurer leurs interactions – qui parle à qui, quand, où, sur quel ton, à quelle fréquence, selon quelle attitude, etc. –, pour mieux rationaliser leur travail.

Étudier les comportements humains pour en faire la meilleure utilisation possible a commencé avant l'apparition des outils numériques, jamais toutefois autant d'observations n'ont pu être menées de front, puis exploitées si rapidement. « C'est la première fois que le monde voit circuler des données sur la communication humaine de cette ampleur et de cette qualité, s'est félicité le responsable des « data scientists » de Facebook à l'époque où le réseau social était en pleine expansion. C'est la première fois aussi que nous disposons d'un microscope qui nous permet d'examiner les comportements sociaux avec un tel degré de finesse » (*MIT Technology Review*, 13 juin 2012). Sur le Net, les données numériques de chacun sont dissoutes dans la masse car seul compte et intéresse le groupe, afin d'en dégager des comportements généraux et de pouvoir agir sur eux. La personnalité de l'internaute est ramenée à des dénominateurs communs pour être utilisée. Entré dans des catégories via des calculs, en fonction de critères d'efficacité de quelque nature que ce soit, l'individu perd sa singularité et son libre arbitre. Soumis à des règles numériques dont les tenants et aboutissants lui échappent, l'internaute n'a plus ensuite qu'à être dirigé.

Outil de connaissance, outil de surveillance, outil de contrôle : les pouvoirs publics ne peuvent ignorer le potentiel qu'offrent les nouvelles technologies. Le prétexte d'une meilleure gouvernance, au plus proche des souhaits des citoyens, tels qu'ils les expriment sur le Web, offre une bonne conscience politique aux mesures prises à partir des données que les internautes ont laissées de bonne grâce sur la Toile. Les outils numériques abolissent les frontières entre ce qui est privé et public, à un niveau plus global l'ère numérique efface, elle, les distinctions entre la vie de chacun, l'économie et l'État. Si les réseaux sociaux permettent d'exprimer ce qui est ressenti et les données d'exploiter ce qui s'exprime, l'État de son côté contrôle ce qui s'y manifeste.

Cette confusion des sphères n'est pas sans incidence sur notre dépendance, nos comportements et notre vulnérabilité. Apple et Microsoft, par exemple, ont mis au point des mécanismes qui permettent à des entités privées ou publiques de désactiver, à discrétion, certaines fonctions des appareils, comme filmer à l'intérieur d'un cinéma, photographier dans un musée, enregistrer dans un concert. Il s'agit en l'occurrence de limiter des comportements déviants par rapport à des normes préalablement fixées. Transposé dans un contexte politique, ce type d'interdit peut rendre impossible toute forme de désobéissance civile, laissée à la discrétion des pouvoirs publics. D'une manière générale, la technique a toujours servi de moyen de contrôle ; davantage encore dans le cas des nouvelles technologies, compte tenu de l'usage intensif que nous en faisons dans notre vie quotidienne.

Les capacités d'observation, de captation et d'analyse dont disposent les pouvoirs, privés et publics, grâce au Web, offrent une connaissance sans précédent des attentes des consommateurs, comme des citoyens. Ce progrès n'assure pas nécessairement une meilleure gouvernance, mais assurément une emprise plus efficace sur les gouvernés. La maîtrise du savoir politique, les capacités d'intervention au nom de la sécurité, de la stabilité, de la prospérité renforcent la prééminence de l'État sur la vie commune. À l'aube de l'ère numérique, à une époque où l'Internet balbutiait, Gilles Deleuze avait anticipé les bouleversements induits par la transformation des sociétés disciplinaires d'antan en sociétés de contrôle. Selon le philosophe, les premières ont longtemps pratiqué l'enfermement à travers diverses institutions – école, armée, usine – pour soumettre l'individu. Deleuze reprenait là la catégorisation développée par Michel Foucault dans *Surveiller et punir* (1975). De nos jours, les sociétés proposent de modeler l'individu par un contrôle continu de ses activités et à l'aide de communications instantanées, estimait Deleuze. Dans ce monde-là, prédit-il, ce ne sont plus les barrières qui comptent, mais l'ordinateur qui repère la position de chacun, licite ou illicite, et opère une modulation universelle où le mot de passe a succédé au mot d'ordre (*Post-scriptum sur les sociétés de contrôle*, 1990).

Tout à son individualisme, à ses emportements grégaires pour telle ou telle cause, absorbé par ses jeux vidéo, le nez rivé sur ses écrans, l'internaute se moque de la surveillance dont il est l'objet, faute de la percevoir tant elle est intégrée à ce qui capte son attention. Quiconque interagit ou se déplace laisse des traces numériques : dans sa voiture, avec ses téléphones ou ses tablettes incluant des cartes SIM. La géolocalisation est un moyen précieux pour savoir qui a contacté qui, qui était où, qui a côtoyé qui, combien de temps et combien de fois. Cette masse de données est triée, recoupée, regroupée, calculée par des logiciels qui délivrent presque en temps réel une synthèse de toutes les informations. Grâce au Devery Analytics Telephony Data, un logiciel dont est pourvue la gendarmerie française par exemple, le trafic téléphonique, y compris les factures détaillées d'appels centralisées par les opérateurs, les « fadettes », n'ont plus de secret. La géolocalisation en temps réel permet par ailleurs de suivre à distance toute personne, comme dans un jeu vidéo.

Les premiers outils numériques d'aide à l'investigation ont fait leur apparition dans les services d'État au cours des années 1990. Ils n'ont cessé depuis d'être améliorés. Qu'ils aient pour nom Ariane, Cassiopee, Alice en France, Valcri en Grande-Bretagne, Entrap en Suède, Red Alert en Roumanie, etc., la traque du criminel ou du terroriste en est la raison d'être officielle. L'honnête citoyen n'a pas à s'en inquiéter, à moins d'être victime d'algorithmes dont il est impossible de savoir comment a été établi le résultat obtenu. Croire que les performances de ces applications restent circonscrites aux actes de délinquance est naïf. Pourquoi se priver de si remarquables capacités sur d'autres champs de surveillance. Le « toujours plus » est de rigueur en matière de contrôle social, de tout temps.

En France, les « services compétents » ne se contentent plus des données de connexion. L'analyse des URL, autrement dit des adresses web, par algorithmes interposés, permet de savoir qui consulte quoi sur la Toile, de connaître par l'adresse IP l'identité de l'internaute, les mots qu'il utilise pour ses recherches et, en fonction du paramétrage des sites consultés puis de leur décryptage, d'identifier des comportements jugés suspects. La prévention d'un acte servait jusqu'à présent à justifier ces intrusions, la prédiction devient la nouvelle étape sur le modèle du récit d'anticipation de Philip. K. Dick, *Minority Report*, publié en 1956, mis en scène au cinéma par Steven Spielberg il y a une vingtaine d'années. Pour les responsables de l'ordre, la surveillance de masse par algorithmes interposés ouvre la porte à un fantasme de prévention absolue. PredPol, pour Predicativ Policing, un logiciel prédicatif utilisé dans certaines villes américaines, aurait permis de faire baisser d'un quart les actes de délinquance. Depuis plusieurs années, le Service central du renseignement criminel, un département de la police française, traite des statistiques géographiques, sociales, économiques, voire météorologiques qui, croisées avec des données puisées sur les réseaux sociaux, sont susceptibles d'anticiper des actions criminelles. Les services de la sécurité intérieure et extérieure (DGSI et DGSE) s'immiscent pour leur part de plus en plus dans les données de connexion, et cela en temps réel, c'est-à-dire au moment même où l'internaute navigue sur la Toile. Ce type de surveillance a progressé de plus de 1 200 % entre 2017 et 2022.

Clearview AI est une entreprise américaine qui recueille sur le Net les photos qui y circulent, notamment sur les réseaux sociaux où l'internaute dévoile volontiers son intimité. Ces milliards de clichés récoltés dans le monde entier sont ensuite traités par des algorithmes biométriques puis vendus aux services de police qui veulent posséder une base de données de portraits à partir desquels toute personne peut être identifiée grâce à un logiciel de reconnaissance faciale. La quête policière change de sens. Auparavant, il s'agissait de diffuser le portrait-robot d'un coupable présumé dans l'espoir qu'il soit reconnu et arrêté. De nos jours, ce sont de vrais portraits qui sont stockés pour permettre de détecter une personne recherchée parmi une foule d'anonymes passée au filtre d'un système de reconnaissance faciale.

Le citoyen numérique est la composante indispensable de la surveillance de masse, sa matière première en somme. Encore une fois, qui n'a rien à se reprocher n'a rien à en craindre bien que l'usage de la biométrie ne se limite plus aux personnes recherchées. La reconnaissance faciale est désormais utilisée dans les aéroports, pour accéder à un compte bancaire, obtenir un prêt, activer un smartphone, entre autres. À partir des clichés pris, un logiciel peut déterminer certaines émotions (peur, colère, joie, tristesse), indications utiles au contrôle des frontières, dans le cadre d'une demande d'asile, pour détecter la dangerosité (supposée) d'un migrant. Le FBI a conçu le HIIDE – Handheld Interagency Identity Detection Equipment –, un objet de la taille d'un livre de poche qui, tenu comme un appareil photo, capture un scan oculaire, un portrait, des empreintes digitales, des odeurs même, un échantillon vocal, la corpulence, la démarche d'une personne. Ces données, soumises à un logiciel, alimentent une base d'identités biométriques plus performantes que la reconnaissance faciale. Des millions d'Afghans ont été passés au crible de l'HIIDE par l'armée américaine avant que ces matériaux ne tombent aux mains du régime des Talibans après la débâcle de 2021.

Les logiciels de reconnaissance sont indispensables pour traiter le flot d'images, privées ou publiques, venues du Web ou des caméras de surveillance installées dans les espaces publics. Ce dispositif, approuvé par une majorité de citoyens en quête de sécurité, représente le plus vaste système de contrôle en fonction. À Paris, plus de 4 000 caméras de voie publique, 1 500 sites de prise de vues, 38 000 caméras privées interconnectées filment en permanence la population. La logistique, elle, représente 600 kilomètres de fibre optique, 90 serveurs, 50 murs d'écrans et une centaine de sites où se relaient 4 700 agents habilités à traiter les images, pour un coût total d'un demi-milliard d'euros. Ces moyens n'assurent nullement une sécurité absolue. Nice, la ville qui compte le plus de caméras de surveillance en France, n'a pas réussi à empêcher l'attentat qui fit 86 morts sur la Promenade des Anglais un soir de 14 Juillet. Une étude effectuée pour le compte de la gendarmerie française précise que le recours aux vidéos de surveillance s'avère utile dans seulement une enquête sur vingt.

La surveillance intensive de l'espace public ne représenterait pas de risque en soi pour le quidam, si ce n'est que la capacité d'analyse des logiciels sur des milliards d'images répond à des impératifs qu'ignorent ceux qui sont filmés. Il en ressort que plus personne n'a la maîtrise de sa propre image, en violation des règles sur la protection individuelle. Ces caméras peuvent aussi être utilisées pour identifier des manifestants, épier le civisme des citoyens, punir toute forme de désobéissance pour des motifs que seuls les détenteurs de ces outils de surveillance connaissent, afin d'en justifier l'emploi.

Tous les moyens sont bons à exploiter. Grâce aux vues aériennes diffusées par Google Map, le fisc français traque d'éventuelles piscines privées que leurs propriétaires auraient négligé de déclarer. Des drones sont par ailleurs utilisés afin de répertorier les vérandas construites sans autorisation pour échapper aux taxes. Les réseaux sociaux et les sites de mise en relations entre particuliers – Airbnb, BlaBlaCar, Leboncoin, etc. – sont également utiles aux inspecteurs de Bercy. À l'aide d'un « algorithme auto-apprenant », capable d'identifier des mots clés, des ratios ou encore des indications de dates et de lieux, ils peuvent détecter une activité jugée frauduleuse. Le *data mining*, l'analyse de données de masse, permet ensuite aux services fiscaux de croiser les informations transmises par les plates-formes numériques avec les revenus déclarés. Les ordinateurs n'ont plus qu'à sortir les anomalies sur lesquelles le contribuable devra s'expliquer. Un tiers des contrôles fiscaux sont déjà actionnés grâce à cette surveillance numérique.

L'hyperconnexion urbaine est aujourd'hui le rêve de nombreux édiles qui promettent d'assurer la sûreté de leurs administrés. La Smart City, la ville intelligente, connectée et communicante, sert de modèle, dont Songdo, en Corée du Sud, est le prototype : là-bas, les compteurs électriques connectés de chaque habitation servent à réguler l'intensité du réseau dans la ville ; chaque appartement est équipé d'un système de télé-présence qui permet un contact visuel avec n'importe quel habitant ou commerçant ; les planchers sont sensibles aux chutes pour assurer l'intervention rapide des services d'urgence ; les poubelles surveillent le tri et notent, pour les récompenser, les citoyens qui respectent les consignes ; les routes, équipées de capteurs, mesurent la densité du trafic, les véhicules connectés sont redirigés pour éviter les bouchons ; les transports en commun sont fluidifiés en fonction de l'affluence ; les caméras de rue règlent l'éclairage selon l'affluence, etc. Tous ces systèmes accumulent des données qui servent à ordonner la vie de la cité.

Au Japon, Wowen City est un laboratoire urbain, piloté par Toyota, qui cherche à concilier innovations technologiques et qualité de vie : la mobilité y est inclusive grâce à des véhicules autonomes, les énergies solaires et hydrogènes y sont garanties zéro émission, la domotique associée à l'intelligence artificielle y répond aux besoins essentiels en matière de sécurité, de confort, de santé. Dans la ville intelligente, l'autonomie des individus est sacrifiée au profit d'une optimisation de la gestion de l'espace commun, et d'une régulation de la vie privée de chacun. Shanghai, à peine consacrée en février 2022 « ville la plus intelligente du monde », a pu ainsi se muer en une gigantesque prison pour faire respecter à ses 25 millions d'habitants la politique « zéro Covid » imposée par le régime communiste.

L'ère numérique est souvent assimilée à un capitalisme de surveillance. Les outils ont été inventés puis commercialisés, pour la plupart d'entre eux, par des entreprises privées, souvent d'origine américaine, qui en tirent de colossaux bénéfices. Leur usage et l'exploitation des données qui en résultent font la fortune d'opérateurs et de plates-formes motivés par le profit. De leur côté, les États tentent de réguler le secteur, de limiter l'étendue et les pouvoirs des géants du Web, au nom du respect de l'individu. Il y a là une part d'hypocrisie. C'est grâce à ces outils (privés) que les États surveillent les citoyens, au prétexte de les protéger, jusqu'à s'immiscer dans leur vie intime. Le capitalisme de surveillance favorise un État de contrôle permanent grâce au numérique justement. L'État est une entité dont le fonctionnement dépend de ceux qui en détiennent les rouages. Il ne peut en aucun cas servir à lui seul de garantie. Pis, il risque d'être un facteur aggravant quand ses moyens sont mis au service d'une mauvaise cause, ou s'ils tombent entre de mauvaises mains. L'histoire est jalonnée d'expériences malheureuses de ce type. S'en remettre à l'État représente le risque de voir l'entité échapper au contrôle de ceux qu'il est censé servir pour les asservir. Ce sort, près d'un milliard et demi de Chinois le connaissent déjà.

En République populaire de Chine, le rapport du pouvoir communiste au Web illustre (annonce ?) ce dont un État est capable lorsqu'il contrôle l'ensemble du processus numérique pour le mettre au service des intérêts politiques de ceux qui dirigent. Le contrôle commence par une limitation de l'accès à la Toile. Le peuple chinois vit sous le régime d'un Intranet isolé du Web mondial, surveillé en permanence par une police cybernétique qui veille au respect de cette frontière. Dans cet espace circonscrit, le parti-État est maître du contenu comme de l'usage qui est fait des outils. Le contenu consiste à diffuser la propagande du régime, à censurer ce qui est contraire à ses intérêts, à détourner l'attention de l'internaute : les membres du parti ont l'obligation de télécharger les applications qui diffusent la bonne parole du numéro 1 ; des algorithmes traquent les mots interdits – liberté, Taïwan, Tienanmen, par exemple – dont l'utilisation peut valoir aux fautifs une arrestation et au site responsable de leur diffusion sa fermeture ; des trolls ou des militants interviennent sur les réseaux sociaux pour empêcher les échanges jugés politiquement dangereux, culturellement sous influence occidentale, sexuellement osés, entre autres. Sous cette férule, le Web devient un outil de conditionnement, un moyen d'enfermement, une méthode d'abrutissement avec la diffusion massive de contenus orientés politiquement.

Aucune entreprise chinoise du Net n'est libre de diffuser ce qu'elle veut, ses responsables, sous la coupe du parti, peuvent du jour au lendemain passer à la trappe. Le milliardaire Jack Ma, l'emblématique patron d'Alibaba, est tombé de son piédestal pour avoir critiqué la trop prudente gestion du PC dans le secteur de la finance électronique. Même les géants occidentaux du Web se plient aux règles du parti, essentiellement par cupidité tout en se prétendant, hors de Chine, les garants de la liberté d'expression sur Internet. Depuis son entrée sur le marché chinois, en 2017, Apple a supprimé des milliers d'applications sur l'App Store local, dont celles se rapportant à des journaux étrangers, à des sites de rencontres homosexuelles, à des messageries chiffrées, ou encore à des sites de paris et à des services qui permettent de déjouer la censure.

Le parti-État intervient également sur le bon usage de l'Internet, surtout en direction de la jeunesse. Ordre est donné de pratiquer les jeux vidéo seulement trois heures en fin de semaine, ou une heure quotidienne en période de vacances scolaires. La police du Web a pour charge de faire respecter la consigne. « Purifier la Toile de ses mauvaises influences », susceptibles de pervertir la jeunesse, est une autre obsession du régime. Les algorithmes en usage sur les réseaux sociaux sont soumis à l'approbation de l'administration nationale du cyberespace, dans l'intention de faire « respecter les valeurs traditionnelles » et de « diffuser une énergie positive ». Les classements de stars selon leur cote de popularité sont interdits ; vedettes et influenceurs « aux positions politiques incorrectes » ou au « style efféminé », n'ont pas droit de cité ; tout contenu sensationnaliste, hédoniste, ostentatoire est supprimé.

Le « réseau céleste », nom donné par le parti-État aux moyens de surveillance de l'espace public, se veut « les yeux qui veillent sur la Chine ». L'autre expression utilisée, « les yeux de la libellule », fait référence aux milliers de facettes dont l'insecte est pourvu pour voir la totalité de son environnement, de près comme de loin. Curieusement, le régime khmer rouge, au Cambodge, qui réussit dans les années 1970 à exterminer près d'un tiers de la population du pays, disait, lui, que le parti avait les yeux de l'ananas, auxquels rien ne pouvait échapper. La filiation communiste est bien là, avec pour la Chine les performances supplémentaires du numérique. Le réseau doit faciliter le « pilotage social » et « jouer un rôle irremplaçable dans le maintien effectif de la stabilité sociale », selon le discours officiel. Près de 400 millions de caméras sont chargées d'y veiller, aidée par un réseau d'ordinateurs capable de traiter simultanément les images de 100 000 d'entre elles par algorithme.

La reconnaissance faciale, souvent couplée avec des logiciels de reconnaissance de la démarche, sert de sésame pour régler la vie quotidienne du citoyen chinois : pour accéder aux transports en commun, pour prendre un billet dans les gares, pour faire des courses dans les supermarchés automatisés, y compris pour obtenir des distributeurs de papier hygiénique les 60 centimètres autorisés dans les toilettes du Temple céleste, à Pékin. Dans les grandes villes, le piéton qui traverse hors des passages protégés ou sans respecter la signalisation peut voir son visage affiché en temps réel sur un écran vidéo géant. Dans les collèges, des caméras surveillent les élèves pour détecter inattention, distraction, humeurs. Des stylos connectés fournis en classe permettent aux professeurs de procéder à des corrections en directe, mais aussi de contrôler les prises de notes et l'application de chacun. À la cantine il faut montrer son visage pour recevoir un repas, idem à la bibliothèque pour emprunter un livre.

L'acheteur d'un téléphone portable doit faire enregistrer son visage pour obtenir une carte SIM. Le loueur d'un vélo sait que ses données bancaires comme ses déplacements sont tracés. L'ensemble de ces informations s'ajoutent à celles recueillies dans le même temps sur le Web à partir des « empreintes » laissées par ses utilisateurs. Un Cloud policier stocke tous ces renseignements auxquels s'ajoutent les données biométriques, les empreintes digitales, l'ADN, les coordonnées GPS, les numéros de carte de fidélité des supermarchés, les livraisons par coursier, les commandes de repas, etc., jusqu'au contenu des dossiers médicaux. Dans le domaine des « Big Data », la police chinoise s'efforce de mettre en place un système d'alerte préventif capable de détecter les comportements anormaux, du toxicomane au contestataire, de tous ceux qui menacent de saper la stabilité sociale.

Nombre d'entreprises de la Tech participent en Chine à cet enfermement général. Alibaba se charge de la diffusion de la pensée du numéro 1 sur les réseaux ; WeChat, l'application qui permet de discuter entre amis, de commander, d'acheter en ligne, de payer des factures, etc., signale les diverses activités de ses abonnés à la police ; Tencent veille au respect de la censure sur les réseaux sociaux ; l'opérateur Huawei a longtemps suppléé les forces de l'ordre dans l'utilisation de la reconnaissance vocale et faciale. Les entreprises étrangères ne sont pas en reste : Microsoft a travaillé avec des entreprises liées à l'armée chinoise sur des projets d'intelligence artificielle et de reconnaissance faciale ; Android, le système d'exploitation sponsorisé par Google, a mis au point un logiciel capable d'enregistrer ce qui est tapé sur le clavier d'un portable.

Un « système de fiabilité sociale », selon son nom officiel, supervise ce contrôle de masse en mettant à l'index les mauvais citoyens, en récompensant les méritants, en fonction des données recueillies grâce aux outils numériques. Le crédit social attribué à chaque Chinois détermine sa vie en société selon le respect ou non des normes décidées/imposées par le pouvoir. « Ceux qui sont dignes de confiance doivent pouvoir se promener librement sous le ciel, mais ceux qui ont trahi la confiance ne doivent plus pouvoir faire un seul pas », précise le Conseil d'État chinois chargé d'apprécier la « légalité » du système. Perdre des points sur son « crédit social » entraîne une cascade de sanctions : impossible de postuler aux emplois officiels (gouvernement, région, municipalité) ; restriction ou interdiction d'obtenir des crédits bancaires, d'être couvert par les assurances ; interdiction de voyager en avion ou dans un train à grande vitesse ; interdiction de se rendre à l'étranger ; accès à l'Internet restreint ; impossibilité pour les enfants de fréquenter les meilleures écoles.

La vie du paria chinois devient un enfer, surtout s'il est inscrit sur une liste noire par la justice. Son portrait est projeté sur les écrans de sa ville, son identité placardée sur les murs. TikTok, l'application de vidéos musicales, diffuse les images de ceux qui sont recherchés. Le portable du mauvais citoyen est équipé d'une sonnerie spéciale afin que les bons citoyens puissent savoir à qui ils ont affaire ; une application installée sur son appareil signale sa présence dans un rayon de 500 mètres grâce à la géolocalisation ; ses communications avec autrui rappellent son inconduite à son interlocuteur, qui doit l'exhorter à respecter ses obligations.

La déchéance sociale est la grande crainte des Chinois, le crédit social est un outil de coercition efficace qui oblige à courber l'échine pour qui veut vivre sans encombre. « Certains peuvent se sentir menacés par une technologie qui met pratiquement chacun sous l'œil d'un microscope », a reconnu *Le Quotidien du peuple*, l'organe du PC, au moment de la mise en place du système fin 2017. « Mais la grande majorité se sent en sécurité parce qu'elle sait que la technologie est en de bonnes mains. » Fier de l'ordre social ainsi assuré, Xi Jinping parle de « dictature démocratique populaire », transcription à l'ère numérique des « démocraties populaires » de l'époque soviétique, qui n'étaient ni démocratiques ni populaires.

La capacité d'un État à exercer un pouvoir absolu est la marque d'un régime totalitaire, surtout s'il parvient à s'immiscer dans toutes les sphères de la société. L'intrusion des opérateurs du Web dans notre vie est souvent blâmée en raison des bénéfices qu'ils en tirent, quand dans le même temps l'usage du numérique par les pouvoirs publics laisse en général indifférent, comme si la tentation du profit était plus condamnable que l'atteinte aux libertés individuelles. L'histoire, la culture, l'idéologie, l'exercice du pouvoir propres à la Chine peuvent être invoqués pour expliquer l'obsession du parti-État à vouloir tout contrôler. Il n'empêche, Pékin montre jusqu'où un pouvoir politique est capable d'aller pour contraindre les citoyens par numérique interposé. Il serait naïf d'espérer que cette menace reste circonscrite à ce géant de l'Asie, et que le peuple chinois sera à jamais la seule victime de ces dérives. En matière de surveillance, comme d'ailleurs en matière militaire, l'expérience prouve que les moyens à disposition finissent toujours par être utilisés par l'État.

Dans son acception la plus générale, l'État sert à ordonner la vie commune, à faire respecter l'équité, à assurer la sécurité des citoyens, à garantir les droits de chacun, à défendre la souveraineté du pays : tout doit être mis à contribution pour remplir ces missions. En ces domaines régaliens, le numérique apporte des améliorations que ceux qui ont la charge de gouverner ne peuvent ignorer, sous peine de faillir à leur rôle. Autrement dit, aussi extrême que paraisse être l'usage que font les communistes chinois des nouvelles technologies, ils montrent la voie qui mène à un tout-État sécurisant au prix d'une surveillance généralisée. Au fil des siècles, le progrès technique a toujours été intégré au mode de gouvernance pour plus de perfectionnement dans la régulation de la société. L'ère du numérique n'y déroge pas.

L'ombre d'une possible sinisation du Web, et de son usage, ne se mesure pas seulement en termes de sécurité accrue. Le contrôle des contenus et des opérateurs eux-mêmes, au nom d'une éthique de gouvernance qui se veut plus juste que l'exploitation commerciale des données par des opérateurs privés, rapproche les politiques étatistes, quelle que soit leur couleur. Il y a convergence des systèmes. Les lois (de la jungle) du capitalisme cèdent du terrain face à la volonté des gouvernants, ou des institutions supranationales, de discipliner la chaîne complète du Web pour le bien commun. Aucun État ne saurait se priver d'instruments capables de réguler la société, comme aucun État ne peut admettre qu'un autre type de pouvoir que le sien puisse lui faire concurrence.

Xi Jinping a fixé la feuille de route : « Pour se doter de forces nationales compétitives, la Chine instaurera et améliorera le système de gouvernance de l'économie de plate-forme en accordant une importance égale au développement et à la régulation dans le cadre des efforts menés pour promouvoir une concurrence loyale, lutter contre les monopoles et empêcher l'expansion désordonnée du capital. » En langue de bois décryptée, ces propos annoncent la reprise en main des géants du Web : dirigeants remplacés, nouvelles règles sur les introductions en Bourse, transparence des algorithmes de recommandation, sécurisation des données en direction de l'étranger, régulation de l'accès à l'Internet en fonction de l'âge.

Qu'en est-il dans nos contrées ? Le Règlement général sur la protection des données, en vigueur dans l'Union européenne depuis 2018, vise à restreindre la diffusion et l'exploitation des données personnelles, non pas à l'échelle mondiale comme l'impose le régime chinois, qui, lui, se réserve le droit de les exploiter pour son compte, mais dans le cadre de l'Europe. Le modèle chinois de « cyber-souveraineté », destiné à se déprendre des géants américains, fait pareillement école. Bruxelles veut qu'à l'horizon 2030, les pays de l'Union soient devenus numériquement souverains. En ce qui concerne la responsabilisation des Big Tech, la Chine montre encore la voie. Quand les grandes sociétés occidentales expliquaient il y a peu encore qu'elles ne sont que des tuyaux sans contrôle sur les contenus, la République populaire confiait à ses entreprises la responsabilité de ce qu'elles diffusaient, les incitant à embaucher des censeurs en ligne. Cette volonté de censure est devenue une préoccupation mondiale quand gouvernements et opinions publiques appellent de concert à une modération des réseaux sociaux, sans toujours se soucier des dommages subis par la liberté d'expression.

La poigne de fer qui régente le secteur du Net en Chine sert de standard à tous les régimes autoritaires. La Russie, l'Iran notamment appliquent sur le Web et vis-à-vis de ses utilisateurs les mêmes méthodes coercitives que le géant asiatique. Plus d'une centaine de pays ont importé de République populaire les technologies nécessaires pour un meilleur contrôle de l'information ; une cinquantaine d'États ont fait appel à des experts chinois pour la gestion de l'Internet ; une trentaine lui ont acheté des moyens de surveillance basés sur l'intelligence artificielle (IA). Les États qui n'ont pas les capacités d'exploiter les données recueillies grâce à la reconnaissance faciale peuvent les faire traiter en Chine. L'IA, objet de convoitise politique depuis son origine, est devenue un tel enjeu de puissance que le pays qui en maîtrise le mieux la technologie devient un leader que tous cherchent à imiter. Hors de toute éthique, protégé par son impunité et sa puissance, sans opposition aucune, le régime communiste chinois est devenu ce leader que les autres États se doivent de suivre s'ils veulent eux aussi améliorer leurs techniques de contrôle social.

« Les soviets + l'électricité » était le mot d'ordre de Lénine lorsqu'il a imposé le communisme en Russie. Pékin compte sur le parti-État + le numérique pour répandre son ordre sur le reste du monde. Centres de stockage des données, équipements de 5G, câbles, logiciels de connectivité des objets du quotidien, capteurs de son et d'images, voitures intelligentes ou Smart Cities : développées sur toute la planète, ces infrastructures visent, par la collecte des data, à un contrôle global des peuples et du commerce. Des documents du parti communiste revendiquent ce pouvoir total. Pour les dirigeants chinois, les technologies numériques doivent résoudre l'ensemble des problèmes de la société, assurer le développement du pays, au service de l'expansion du parti-État. Les plates-formes virtuelles chinoises – Alibaba, Tencent, JD.com, DiDi – s'occupent de rassembler les données dans le monde entier.

TikTok, l'application la plus téléchargée de nos jours, est un modèle du genre. Son algorithme censure ce qui peut déplaire à Pékin, y compris hors des frontières du pays, en bloquant les vidéos qui mettent en cause la gouvernance du parti communiste. Par ce canal, la Chine se livre également à une discrète, mais efficace, propagande. Les données des centaines de millions d'utilisateurs de TikTok dans le monde sont centralisées, filtrées, puis envoyées en République populaire pour les plus intéressantes d'entre elles, en fonction des intérêts du pouvoir. Chaque vidéaste devient ainsi, par-devers lui, une source potentielle de renseignements pour le régime.

La Chine ne cache pas vouloir redessiner l'ordre mondial en installant des normes techniques internationales et en exportant le système centralisé chinois de gouvernance digitale. Plus d'une cinquantaine de pays dans le monde ont déjà signé avec Pékin une centaine d'accords bilatéraux sur les normes digitales, pendant que l'administration chinoise investit les instances internationales dans ce domaine.

« La surveillance est le meilleur client pour l'intelligence artificielle », a reconnu Eric Schmidt, l'ancien PDG de Google devenu conseiller de l'armée américaine en matière d'innovations technologiques (*Wall Street Journal*, 27 mars 2020). Il est loisible d'espérer que le « crédit social » à la chinoise reste l'apanage d'un régime totalitaire. Aux États-Unis, un « FICO score » mesure pour chaque individu le risque qu'il représente pour un crédit à la consommation. Ce fichier est public, il peut être croisé avec d'autres données disponibles (situation bancaire, casier judiciaire) afin d'établir un « profil social » proche, dans l'esprit, du « système de fiabilité social » chinois. Être mal noté sur des bases de données (chômeur, endetté...) suffit pour se voir refuser un prêt bancaire, une offre commerciale. Dans ce cas, les algorithmes servent à reproduire, amplifier l'ordre social en excluant davantage ceux qui le sont déjà. L'usage par des professionnels du *data mining*, procédé qui sert à classer les individus en catégories, toujours grâce aux algorithmes, sans que les intéressés en soient informés, rend ce dispositif moins totalitaire mais presque plus discriminant que ne l'est le « crédit social » en Chine où le paria sait à quoi s'attendre s'il est frappé d'indignité par le pouvoir.

La crise sanitaire, qui a paralysé la planète au début de la décennie, a été un bon indicateur sur l'état de sinisation du monde, qu'il s'agisse de la mise en place d'une protection étatique, des diverses justifications données sur les mesures prises, des moyens numériques utilisés pour les imposer, du traitement des données, en somme de la subordination générale au pouvoir. La responsabilité de la Chine dans l'apparition du virus, ses mensonges quant à son origine, la manière dont le régime y a fait face, expliquent, en partie, pourquoi cette crise a été gérée partout sur le mode du suivisme, au mépris des libertés individuelles, jusque dans les démocraties qui s'en prétendent les garantes. Le confinement instauré en République populaire est devenu le modèle, avec la caution des plus hautes autorités médicales mondiales, soucieuses d'enrayer la pandémie sans se préoccuper des risques liberticides d'un procédé si moyenâgeux.

Aucun pays, il est vrai, n'a osé aller jusqu'à la claustration forcée des habitants et à la déportation massive des contaminés, comme la Chine les a pratiquées. Les impératifs sanitaires n'en ont pas moins précipité le monde dans un despotisme éclairé d'autant plus accepté que la peur de mourir ne laissait guère de place à la réflexion. Comme en toute crise grave, l'État s'est vu justifier dans son rôle d'ordonnateur et de protecteur, à l'échelle planétaire. La nature diffuse de la menace a permis aux pouvoirs publics, en général, de légitimer les mesures d'ordre en même temps que la panoplie des moyens utilisés pour les faire respecter. L'usage de la technologie n'est pas à l'origine de la surveillance généralisée instaurée pendant cette crise, en revanche elle en a décuplé les effets, laissant percevoir la logique d'un monde sous contrôle, déjà en partie effectif. Il n'est pas question ici de nier l'importance ni le danger de la menace sanitaire que nous avons vécue, simplement de constater avec quelle facilité les libertés les plus élémentaires ont été suspendues, avec un consentement quasi général, symptôme d'une capacité à la soumission que cette crise a révélée.

La liste, non exhaustive, des interdits décidés est révélatrice de l'amplitude de la surveillance que l'État a été capable d'imposer : sur la liberté de circulation (attestation de déplacement, couvre-feu) et de réunion (bannissement des regroupements) ; sur les loisirs (fermeture des lieux) et la consommation (besoins essentiels) ; sur les relations sociales (travail en distanciel) et humaines (limitation des visites amicales et familiales) ; sur les mœurs (contacts physiques limités) et la déontologie (enterrement des morts). Sous couvert d'un État de droit revendiqué, tout au moins dans les démocraties, l'état d'urgence sanitaire a engendré un mouvement normatif incessant, matérialisé par une succession de lois et d'actes réglementaires surveillés par des pouvoirs omniprésents.

Un partage s'est fait entre l'État et les géants du Net : à ces derniers la surveillance, au premier la gestion du contrôle. Les outils numériques ont tous été mis à contribution. Recueil et exploitation de données, traçage et géolocalisation des portables, vidéo et drone de surveillance dans l'espace public, reconnaissance faciale et biométrique aux frontières. Le principe de précaution a même permis de justifier le port du masque en extérieur, sachant pourtant la mesure en grande partie inutile pour se protéger du virus. Tout non-respect de ces règles a fait l'objet de sanctions. Un bilan provisoire, à mi-parcours du confinement imposé en France, a comptabilisé près de 1 000 infractions, dont la moitié des contrevenants ont écopé en moyenne de 5 mois de prison ferme pour absence de masque, violation du couvre-feu, déplacement illégal. Si l'on en croit une étude américaine, menée par l'Institut John Hopkins pour l'Économie appliquée, le confinement aurait pourtant été de peu d'efficacité pour lutter contre la morbidité du Covid puisqu'il aurait permis une baisse de seulement 0,2 % de la mortalité dans le monde (John Herby, Lars Jonung, Steve H. Hanke, « A Litterature Review and Media-Analysis of the Effects of Lockdowns on Covid-19

Mortality », *Studies in Applied Economics*, janvier 2022).

Les risques de contamination ont légitimé ces méthodes autoritaires, avec d'autant plus de facilité et de consentement que les esprits avaient été préparés aux restrictions des libertés par diverses lois d'exception déjà en vigueur dans le cadre de la lutte antiterroriste. Le *Patriot Act*, voté aux États-Unis après le 11 Septembre, a ouvert la voie d'une exception juridique à tendance permanente. « La politique de sécurité intérieure n'est pas une réponse temporaire à une crise donnée, prévint à l'époque le vice-président américain, Dick Cheney. Nombre des initiatives que nous avons dû prendre deviendront permanentes dans la vie américaine. J'y vois une nouvelle normalité. » Le *Patriot Act* devait s'achever fin 2005, il a été en partie prorogé *ad vitam*. Le cas américain a fait école, des lois d'urgence ont été instaurées un peu partout dans le monde, à mesure que la menace terroriste s'est répandue. Sur fond de révolution technologique et de numérisation de nos vies, le rapport entre les citoyens et les États s'en est trouvé bouleversé, sans pour autant garantir un risque zéro.

En France, l'état d'urgence décrété en réponse aux attentats de novembre 2015 a réactualisé des mesures d'exception prises en 1955 dans le contexte du conflit algérien naissant. De prorogations en prorogations, une « loi de sécurité globale » a fini par être votée en 2021, intégrant dans la juridiction « ordinaire » des dispositifs « extraordinaires », portant entre autres sur les assignations à résidence, les perquisitions à domicile, les fermetures administratives de lieux de culte, les zones de protection et de sécurité. Dans le même temps, ou presque, la crise sanitaire a justifié la mise en place de mesures d'urgence supplémentaires. Plus d'une centaine d'États dans le monde ont agi de la même façon, faisant passer leurs citoyens d'une surveillance à l'autre, de la protection contre le terrorisme à une lutte anti-virus, non sans un glissement significatif entre l'assignation à résidence de quelques individus au confinement de tous. Sommés de protéger la santé, ce bien commun, peu de dirigeants politiques ont résisté à la tentation d'instaurer une surveillance permanente et généralisée. En un peu moins d'une décennie, une grande partie de la population mondiale s'est donc vue obligée de vivre sous des régimes dérogatoires permanents. En acceptant de voir ses libertés rognées pour son bien, l'être humain finit par prendre l'exception pour la norme.

De la lutte anti-terroriste à l'état d'urgence sanitaire, la surveillance a changé d'échelle et gagné en efficacité. Au Québec, la police a eu le droit de perquisitionner le domicile de toute personne suspectée d'enfreindre les règles sanitaires. En Israël, les opérateurs télécom ont eu l'obligation de fournir les données de leurs clients afin qu'elles puissent être croisées avec les informations sanitaires, et les services de renseignements ont pu utiliser les données sur le Covid au nom de la sécurité nationale. En France, des opérateurs téléphoniques ont fourni aux pouvoirs publics les données relatives aux déplacements de leurs abonnés. Google a rendu publique la fréquentation des lieux publics par ses utilisateurs. Plusieurs municipalités ont lancé leurs drones aux trousses des contrevenants au confinement. En Corée du Sud, des logiciels de traçage ont été utilisés pour prévenir des rassemblements susceptibles de favoriser une propagation du virus. Le *contact tracing*, possible à partir des applications installées dans les téléphones mobiles, a été actionné dans une centaine de pays. Des chargements volontaires, comme StopCovid en France, ont servi à ce traçage. En Allemagne, les citoyens ayant téléchargé la Corona-Warn-App sont devenus prioritaires pour faire leurs courses en plein confinement. Les algorithmes se sont montrés indispensables en ces circonstances. La « Boîte noire », nom donné en France à l'ensemble des calculs algorithmiques utilisés pour la surveillance des télécommunications, fait de tout citoyen un suspect potentiel, le propre d'un contrôle de masse.

La Chine montre de nouveau la voie des abus possibles. Le code santé dont chaque citoyen est pourvu a d'ores et déjà été utilisé par les autorités comme moyen de contrôle social hors cause sanitaire. Des débiteurs, qui souhaitaient demander des comptes à des banques du Hénan en difficulté, ont vu leur code santé virer au rouge sur leur téléphone portable, leur interdisant tout déplacement pour cause de contamination (fictive) au virus. D'autres citoyens de la même province, qui avaient osé envoyer une pétition pour protester contre l'arrêt d'un chantier immobilier, ont subi un sort similaire. Ailleurs, c'est un plaignant qui a été interdit de se rendre au tribunal par la même méthode.

L'utilisation des données est devenue si utile aux gouvernants qu'ils demandent l'aide des usagers du Net pour les récolter. Le Data Governance Act (DGA), adopté par l'Union européenne, a mis en place un « data altruisme » alimenté par les internautes eux-mêmes qui confient leurs données personnelles à des « tiers de confiance », à but non lucratif est-il précisé, afin qu'elles soient utilisées pour le bien commun. « La crise du Covid a démontré l'importance des données pour défendre l'intérêt général », estime le gouvernement français qui donne pour exemple de « data altruisme » le Covid Tracker et les contributions d'Orange et d'EDF pour visualiser les déplacements lors de la pandémie. Santé, mobilité, lutte contre le réchauffement climatique, amélioration des services publics, voici quelques domaines où la livraison volontaire des données par les internautes est jugée utile par les États, qui se veulent les garants d'une exploitation « altruiste » dont ils sont les bénéficiaires.

L'État a le monopole de la violence, selon la célèbre formule de Max Weber, il a aussi le monopole du droit, de son usage, de son respect et même de son interprétation. État de droit et droit de l'État ont tendance à se confondre, surtout en période d'urgence, sécuritaire ou sanitaire. Il est commun de dire qu'un régime démocratique se distingue par son respect de l'État de droit. L'expression est souvent brandie comme un totem pour conjurer toute mésinterprétation de la *rule of law*, pour exorciser les tentations autoritaires. Cela suffit-il pour autant à garantir ce respect, dans la lettre et l'esprit ? Les différents états d'exception subis depuis quelques années par la majeure partie des populations dans le monde méritent que l'on sache de quoi l'on parle alors que les outils de surveillance électronique, de plus en plus intrusifs, se généralisent.

Selon les Nations unies, l'État de droit est « un principe de gouvernance en vertu duquel l'ensemble des individus, des institutions et des entités publiques et privées, y compris l'État lui-même, ont à répondre de l'observation de lois promulguées publiquement, appliquées de façon identique pour tous et administrées de manière indépendante, et compatibles avec les règles et normes internationales en matière de droits de l'homme » (2004). Si l'État de droit est l'observation des mêmes règles par et pour tous, qui établit ces règles sinon l'État lui-même, enfermant la notion juridique dans une forme de tautologie ? Il suffit que la loi donne à l'État un pouvoir illimité pour que ses actions deviennent légales, quitte à ce qu'elles restent en théorie hors la loi. Au strict plan juridique, le camp de Guantanamo, à Cuba, où les autorités américaines retiennent, hors de tout droit, de supposés complices des terroristes islamistes, n'est pas plus légal que ne le sont les camps chinois du Xijiang réservés aux Ouïghours.

La loi doit respecter certains principes, mais qui fixe ces principes, si ce n'est l'État, plus précisément ceux qui en ont la charge ? L'État de droit relève plutôt de l'idéal, il n'est nullement une garantie absolue dès lors que le législateur peut défaire la loi qu'il a faite. « On confond souvent les noms de *lex* et *jus*, c'est-à-dire la loi et le droit », déplorait déjà Thomas Hobbes, dont le *Léviathan* (1651) reste une réflexion majeure sur le rôle et la place de l'État dans les sociétés humaines. « Et cependant, poursuit-il, c'est à peine s'il y a deux mots qui soient plus contradictoires. Car le droit est la liberté que nous laisse la loi et les lois sont des restrictions par quoi nous accordons tout pour restreindre nos libertés réciproques. La loi et le droit, conclut-il, ne sont donc pas moins différents que contrainte et liberté qui sont contraires » (*The Elements of Law, Natural and Politic*, 1640). Pour Voltaire, « les lois sont faites après coup comme on calfate des vaisseaux qui ont pris des voies d'eau » (lettre 45 à Catherine II, 1770), autrement dit les lois sont souvent circonstancielles, des adaptations du droit en fonction des besoins de… l'État, et de ses gouvernants en charge de la bonne harmonie sociale, de l'ordre.

En 1936, Staline promulgua une nouvelle Constitution que la propagande soviétique qualifia de « plus libre du monde ». En principe, les citoyens y avaient tous les droits. « Nous allons propager l'État de droit dans tout le pays », a promis Xi Jinping peu après son arrivée au pouvoir en 2012. L'article 35 de la Constitution de la République populaire garantit aux citoyens chinois « la liberté de parole, de publication, de réunion, d'association, d'organisation de défilé de rue et de manifestation ». Autant de droits caractéristiques des démocraties, à la différence essentielle que le parti-État est au-dessus des lois en Chine, qu'il a tous les droits, y compris d'ignorer les libertés promises par la Constitution. N'est-ce pas, dans une certaine mesure, et de manière générale, le statut de tout État dans son rôle d'arbitre suprême ? La Constitution est un outil de légitimation du pouvoir politique, et aussi un instrument entre ses mains.

La séparation des pouvoirs exécutif, législatif et judiciaire est la marque de la démocratie. Ce n'est pas le cas en Chine communiste. Sur cet aspect, la crise sanitaire a également eu tendance à rapprocher les systèmes partout dans le monde. La France a fait fi de cette séparation durant la gestion de la pandémie, placée sous l'autorité d'un Conseil de défense soumis au secret, dont on ne connaissait ni la liste des membres, ni le contenu des délibérations, et dont les décisions prises ont eu des effets immédiats, le gouvernement tenant pour acquis le vote du Parlement et l'avis du Conseil constitutionnel chargés de les entériner. Certes, les garants du droit ont été consultés, mais *post facto*, sans rencontrer d'opposition à quelques exceptions près : le Conseil d'État a juste supprimé les jauges dans les églises et levé l'interdiction de manifester sur la voie publique. De son côté, la Cour de justice de la République a rejeté les plaintes des citoyens contre le gouvernement pour mauvaise gestion de la crise sanitaire, notamment l'interdiction faite aux familles d'enterrer leurs morts, et le Conseil constitutionnel a validé les mesures punitives prises à l'encontre des contrevenants au confinement. Durant cette crise, l'efficacité de l'État et son immunité ont été les principales préoccupations des instances républicaines, les gardiens du droit étant les garants du pouvoir.

Dans neuf États sur dix dans le monde, la Constitution prévoit un dispositif spécifique en cas de crise majeure, ou la possibilité de recourir à des législations spéciales, comme le *Patriot Act* aux États-Unis. « L'état d'urgence, ce n'est pas un état d'exception. Il est constitutif à l'État de droit », a estimé le ministre de l'Intérieur français en pleine vague terroriste. Constitutif ne signifie pas forcément respectueux, l'urgence peut permettre d'interpréter la notion d'État de droit. En mai 2021, la Cour européenne des droits de l'homme a condamné le Royaume-Uni pour violation des communications à la suite de plaintes concernant les dérives du système de surveillance de masse mis en place lors de la lutte anti-terroriste puis utilisé pendant la crise sanitaire en vue de contrôler non plus de potentiels ennemis mais le peuple britannique. Dans cette procédure, les autorités françaises, elles-mêmes dans l'illégalité eu égard à l'État de droit, ont prêté main-forte à leurs homologues d'outre-Manche. Paris a défendu le refus de tout contrôle sur les données recueillies dès lors que celles-ci sont jugées vitales pour la sécurité nationale, selon des critères que les pouvoirs publics sont les seuls à estimer. La Cour européenne a rejeté l'argument qui, selon elle, ne repose sur aucune règle de droit, arguant qu'une société démocratique ne peut fonctionner sans une structure indépendante chargée de veiller à la sécurité juridique des données de communication. Passant outre à cet avis, et en l'absence de cadre légal, les pouvoirs publics français continuent de recueillir et d'exploiter ces données.

Le Conseil d'État, garant des normes juridiques, est venu au secours du gouvernement quand la Cour de justice de l'Union européenne a jugé contraire au droit de l'UE la conservation – généralisée et indifférenciée – des données de connexion pour des besoins policiers : listes des appels entrants et sortants d'un téléphone, géolocalisation, adresses IP, liste des sites internet consultés, etc. Dans ce débat, le Conseil d'État a recommandé au gouvernement français de ne pas tenir compte de l'opinion de la Cour européenne au prétexte que notre Constitution offre suffisamment de garanties en la matière. Si nul n'est au-dessus des lois, selon l'adage, États et gouvernants peuvent l'être lorsque les circonstances le justifient. Ces circonstances restent à l'appréciation des utilisateurs et des bénéficiaires des mesures d'exception, dans un rôle confus de juge et de partie à la fois. L'état d'urgence permet à la logique de l'exception de se disséminer peu à peu dans l'ensemble de l'ordre juridique : niché au cœur de l'État de droit, il le subvertit de l'intérieur.

Les libertés prises par les États ces derniers temps pour faire face aux menaces terroriste et/ou sanitaire, augurent mal des garanties généralement données concernant l'usage des outils numériques puisque les pouvoirs publics se réservent le droit de les utiliser en fonction de situations sur lesquelles ils ont un monopole d'appréciation. Trois moyens sont généralement mobilisés pour qu'une politique imposée soit acceptée par l'opinion publique : maîtriser les sources d'information, diriger l'attention générale vers un même but, une même problématique, et faire peur pour susciter un besoin sécuritaire que l'autorité se propose de satisfaire. Face à la menace terroriste comme dans la crise sanitaire, ces méthodes ont été utilisées conjointement, provoquant un état de sidération qui permet de comprendre pourquoi les mesures liberticides prises ont reçu un assentiment quasi général.

Des mois durant, l'humanité a vécu sous une avalanche de chiffres, statistiques, données catastrophiques sur la progression de la pandémie. Les médias ont égréné quotidiennement morts, contaminations, hospitalisations. Effrayer est un moyen de décupler l'attention : 40 % des informations rapportées par les médias américains relèvent de la peur, a noté une étude sur leur contenu publiée avant la pandémie. L'immédiateté du numérique facilite la diffusion de la peur, tout comme la prévalence croissante de l'image sur le texte renforce le pouvoir de sidération des mauvaises nouvelles. La crise sanitaire, « succès médiatique » mondial, a été un grand moment d'effroi.

Fort de l'expérience, les autorités françaises ont mis au point un système d'alerte d'urgence, à destination des téléphones portables, afin de prévenir et de mobiliser la population en fonction de dangers tels qu'attentats, épidémies, catastrophes environnementales, etc. Il ne s'agit plus cette fois d'une application à télécharger mais d'un lien direct des autorités avec les détenteurs de mobiles à qui les messages envoyés sont annoncés par une sonnerie spéciale qui ne cesse que lorsque les destinataires en prennent connaissance. Ce dispositif de précaution et de protection, nommé FR-Alert, qui répond sans doute à un besoin face aux menaces qui guettent, risque en même temps d'entretenir un climat anxiogène, propice à faire accepter de nouvelles restrictions de nos libertés au nom de la sécurité de tous.

La peur est un vieux compagnon de l'homme. De tout temps, nous n'avons cessé de vouloir nous en libérer en cherchant des moyens de se rassurer, de se protéger, avant de retomber sous son emprise. La peur est première si l'on songe à celle qui habitait les hommes préhistoriques en butte à un environnement hostile. Hobbes, dans le *Léviathan*, explique la soumission à l'État comme le besoin d'en être protégé justement. En même temps, la peur n'a cessé d'être une arme aux mains des pouvoirs pour régner. Désormais, avec le monde à nos portes, la peur peut avoir un effet dévastateur que la propagation par les réseaux sociaux amplifie, tel un battement d'ailes de papillon capable, dit-on, de provoquer une tempête à l'autre bout de la planète.

La peur tétanise, elle favorise l'instinct grégaire pour se protéger, elle pousse à l'obéissance, elle est un facteur d'ordre. La peur de la mort a été utile aux gouvernants pour faire accepter le confinement en réponse à la pandémie. Le monopole de l'information détenu par un « conseil scientifique » a renforcé en chacun la dépendance à l'autorité, au point de nous faire apprécier la rapidité avec laquelle l'appareil de surveillance, et de répression, s'est mis en place pour nous protéger, « les uns des autres » selon la doxa du moment, pendant que la politique sanitaire cafouillait au plan prophylactique. Un « biopouvoir » a régné sur les esprits pour reprendre le néologisme utilisé par Michel Foucault dans *Surveiller et punir*. L'étude des règlements de quarantaine, mis en place au XVIIe siècle en cas d'épidémie de peste, a incité le philosophe à forger ce terme de « biopouvoir » quand la surveillance est devenue un principe de précaution, où chacun est examiné, ausculté, confiné, où tous se font auxiliaires de police.

Notre monde n'a rien inventé : quadrillage, masque, auscultation, ces mesures étaient déjà à l'œuvre à l'époque étudiée par Foucault, seul le traçage numérique y a apporté une efficacité supplémentaire avec la géolocalisation. Le philosophe pensait que la modernité politique ne garantit aucunement une meilleure protection des libertés. Elle permet plutôt un déploiement inédit de la puissance de l'État grâce à la technologie, au nom d'un impératif de sauvegarde biologique. Un demi-siècle après ce constat, la pandémie a permis de le vérifier.

Sujet à la peur, tributaire d'un pouvoir sachant, sous le contrôle intrusif des nouvelles technologies, l'être humain n'a eu d'autre choix que d'accepter son sort en ces temps de crise sanitaire. La soumission volontaire a trouvé sa justification dans la préservation du plus précieux des biens, notre vie. Les sondages l'ont montré, les atteintes aux libertés, consécutives aux mesures disciplinaires prises aux quatre coins du monde, ont été approuvées par d'écrasantes majorités, sans doute convaincues de n'avoir d'autre choix que celui qui leur a été imposé. La sécurité est devenue la préoccupation majeure des peuples du monde, conséquence sans doute d'une mondialisation qui vient bousculer nos habitudes, mais aussi d'un climat anxiogène développé par tous les réseaux de communication, y compris sociaux, plus prompts à s'indigner de ce qui ne va pas que de s'ébahir du génie humain.

Alexis de Tocqueville est fréquemment convoqué pour comprendre l'évolution de notre monde. D'un voyage dans l'Amérique naissante du XIXe siècle, le philosophe a su capter le danger du despotisme qui guetterait les démocraties trop soucieuses de protéger les citoyens au nom de leur bien-être supposé. Ce despotisme « ressemblerait à la puissance paternelle si, comme elle, il avait pour objet de préparer les hommes à l'âge viril, écrit-il ; mais il ne cherche, au contraire, qu'à les fixer irrévocablement dans l'enfance ; il aime que les citoyens se réjouissent, pourvu qu'ils ne songent qu'à se réjouir. Il travaille volontiers à leur bonheur ; mais il veut en être l'unique agent et le seul arbitre ; il pourvoit à leur sécurité, prévoit et assure leurs besoins, facilite leurs plaisirs, conduit leurs principales affaires, dirige leur industrie, règle leurs successions, divise leurs héritages » (*De la démocratie en Amérique*, livre II, 1840). Ces traits sont devenus ceux de l'État moderne, dont l'interventionnisme n'a cessé de s'étendre depuis l'époque de Tocqueville.

Au début de la crise sanitaire, l'État français, à la tradition colbertiste revendiquée, s'est invité dans chaque foyer, préconisant que « papy et mamie mangent leur part de bûche dans la cuisine », le soir de Noël ; félicitant ceux qui se comportent en « bons pères de famille » ; délivrant un satisfecit général aux « Français [qui] se sont bien comportés durant les fêtes », selon l'appréciation du Premier ministre. Cette infantilisation résulte en partie de l'ingérence croissante des pouvoirs publics dans nos vies. Famille, éducation, travail, santé, loisirs, dans tous les aspects du quotidien, les normes imposées d'en haut se multiplient. L'inflation des codifications en tous genres en est un indicateur : + 67,6 % de textes de loi depuis 2002, un code du travail qui a augmenté de moitié en vingt ans, un code de la santé qui a quadruplé de volume, plus de 120 infractions nouvelles punissables de la prison votées ces cinq dernières années, et 83 570 pages de règlements nouveaux publiées au *Journal officiel* pour la seule année 2021, etc.

La « saine administration des choses » est une préoccupation dont le saint-simonisme fut porteur au moment de la Révolution industrielle. Depuis, prévoyance, prévention, précaution, les attentes des citoyens n'ont cessé d'évoluer vers toujours plus de garanties pour eux-mêmes. Ce besoin a correspondu à l'expansionnisme de l'État, à moins que ce ne soit l'inverse, l'extension du domaine étatique suscitant l'exigence sécuritaire. Nous sommes passés d'un monde de sûreté où prévalait un sentiment de protection à une appétence pour l'ordre et l'obéissance comme gages de notre sécurité. Les circonstances, l'adversité permettent de le comprendre, mais pas seulement. Le paternalisme étatiste, ou plus exactement la « maternisation » du citoyen par les pouvoirs publics, nous maintient dans un statut proche de l'enfance, comme Tocqueville l'a annoncé. Une excellente condition à la soumission.

La frontière entre public et privé n'existe plus à l'ère du numérique, pour cause de surveillance par les réseaux sociaux, d'opinions manipulées par des algorithmes, de contrôle des contenus par les opérateurs, de marchandisation des données personnelles, le tout placé sous l'œil permanent des pouvoirs publics. Société, économie, politique se confondent dans le vaste univers de la Toile où mœurs, consommation, opinions sont non seulement observées et surveillées mais aussi analysées afin de détecter, de prédire, de punir le cas échéant. Ce faisant, les limites posées à l'ingérence de l'État et du pouvoir ordonnateur dans la vie de chacun, s'estompent. Dans la mesure où l'usager du Net n'est pas contraint d'utiliser les outils mis à sa disposition, il accepte consciemment ou non d'être manipulé, contrôlé, et même condamné par ceux qui ont autorité dans, ou sur, le Web. Cette soumission volontaire est d'autant plus acceptée que le citoyen a pris le pli d'être régenté dans sa vie quotidienne en échange de sa protection par l'État. Le pouvoir ainsi exercé, transparent et invisible à la fois, paraît aller de soi. « Que ne peut-il leur ôter entièrement le trouble de penser et la peine de vivre ? » s'interrogeait Tocqueville, inquiet de l'emprise croissante de l'État sur l'individu. Le numérique y pourvoit désormais. Penser : les algorithmes y aident. La peine de vivre : la robotique s'en charge.

NOTRE NOUVEAU MONDE

« Nous avons été les premiers à affirmer que plus les formes de civilisation sont compliquées, plus la liberté individuelle doit être restreinte. »

Benito Mussolini

« Nous ne trouverons jamais dans l'histoire que ce que nous y avons d'abord mis nous-mêmes. »

Johann Gottlieb Fichte

« Qui sait ce que demain fera à hier ? »

Günther Anders

La guerre est affaire trop sérieuse pour être confiée aux seuls militaires. Des auteurs de science-fiction sont requis pour aider les états-majors à anticiper ce que pourraient être les conflits de demain. Le Pentagone a été le premier à se prêter à cette collaboration durant la guerre froide, puis après le 11 Septembre, afin de pallier un déficit d'imagination dans les méthodes prospectives. En France, une « Red Team » de cinq à six auteurs planche avec des gradés sur des « scénarios de disruption » portant sur de nouvelles menaces à l'horizon 2030-2060. Il s'agit d'imaginer l'inattendu sans être déconnecté du contexte géopolitique.

Les géants de la Tech sont également friands de science-fiction, ils y puisent des idées pour orienter leurs départements recherche et développement chargés de nous proposer toujours plus de nouvelles technologies. La série *Star Trek* a inspiré la création du téléphone cellulaire, l'interface des iPhone où l'on fait glisser images et icones n'est pas sans rappeler la gestuelle de *Minority Report*, le film de Steven Spielberg, et personne ne peut ignorer ce que le métavers, nouvel eldorado du Net, doit au *Samouraï virtuel*, roman de Neal Stephenson paru en 1992. Des cabinets de conseil se sont même spécialisés dans l'anticipation pour aider les entreprises à innover. Isaac Azimov, l'un des papes de la science-fiction, la définissait comme « la branche de la littérature qui se soucie des réponses de l'être humain aux progrès de la science et de la technologie ».

Rares sont les romans ou les films à nous prédire un monde à venir merveilleux. Le cauchemar est plutôt au rendez-vous, entre dictature technologique, catastrophe écologique, destruction massive, fin de la civilisation, retour des instincts primitifs... Le genre humain y est le plus souvent condamné au chaos, voire à la disparition. Si le progrès séduit, il inquiète surtout. Plusieurs explications peuvent être données à ce pessimisme ambiant, motivé pour l'essentiel par une réticence à envisager positivement un monde que nous ne connaîtrons pas. En envisageant un avenir où nous serons absents, pour des raisons biologiques, l'anticipation ne peut annoncer un paradis dont nous allons être privés. Trop cruel. Considérer le pire nous rassure : nous sommes heureux d'échapper à cet avenir funeste. Bref, prévoir l'apocalypse contrebalance la douloureuse conscience de notre finitude : « Après moi, le déluge. »

Les scénarios du futur autour de la révolution numérique doivent, de ce fait, être appréciés avec circonspection. *A contrario*, se livrer à de la rétro-fiction peut s'avérer plus pertinent puisqu'il s'agit d'examiner de quelle manière les futurologues d'hier ont pensé notre monde actuel, et de comparer leur vision avec notre vécu. Un retour vers le futur en quelque sorte, où les craintes éprouvées autrefois sur l'évolution de l'humanité peuvent être mesurées à l'aune de ce que nous vivons, afin de voir si le pire annoncé est devenu certain.

Le premier récit de ce genre qui vient à l'esprit est *1984* de George Orwell dont l'exploitation de nos jours relève souvent du cliché. Publié au lendemain de la Seconde Guerre mondiale, ce roman raconte un univers totalitaire inspiré du stalinisme, triomphant à l'époque, et non du nazisme comme il est parfois dit. Proche dans sa jeunesse des idéaux communistes, l'auteur s'en est émancipé à la suite de son engagement dans la guerre d'Espagne. Sa dystopie tient du règlement de comptes avec cette idéologie. Orwell s'est d'ailleurs inspiré du roman d'Evgueni Zamiatine, *Nous autres* (1920), le premier à décrire la nature totalitaire du régime bolchevique.

Le monde qu'annonce *1984* n'est pas advenu, nous le savons désormais. Cette date a été choisie par l'auteur en inversant l'année de publication du livre, 1948. Que cette dystopie soit restée une fiction n'empêche nullement d'y puiser des enseignements utiles pour notre quotidien.

Le slogan *Big Brother is watching you*, qui scande la vie en Océania, le pays imaginé par Orwell, symbolise la surveillance permanente à laquelle ses habitants sont soumis. Big Brother est une entité, à l'instar de tout type d'État. Dans le roman, il use de la peur (de l'Autre, de l'Ennemi imaginaire, etc.), qu'il aiguillonne grâce à sa capacité de tout voir, tout savoir, tout contrôler. Ainsi s'impose sa dictature. Pour leur sécurité, les Océaniens doivent obéir. Aujourd'hui, dans notre monde, le pouvoir, au sens générique, public comme privé, dispose aussi de multiples moyens de surveillance : écoutes, géolocalisation, caméras, écrans de contrôle, drones, etc. Tous ces moyens sont destinés eux aussi à garantir notre sécurité, et à nous inciter à obéir pour notre bien.

Le numérique *is watching us* pourrait être le slogan d'aujourd'hui : la société de contrôle n'est plus une fiction. Certes, des lois permettent de limiter les abus, mais la protection du citoyen reste aléatoire. Il est loisible à tout pouvoir de modifier, d'amender les lois – celles chargées de sauvegarder les libertés autant que les autres –, en fonction de circonstances dont il est seul juge, comme cela a été le cas dans le cadre de la lutte anti-terroriste puis durant la crise sanitaire. Avec les outils numériques utilisés pour faire respecter les nouvelles dispositions, il ne s'agit plus vraiment de dystopie.

En France, par exemple, près de 4 % des sites web les plus fréquentés recréent les cookies que les internautes pensent avoir effacés. Plus de 60 % des sites « santé » identifient le visiteur avant que lui soit demandé son consentement comme la loi l'oblige, et 15 % de ces sites continuent de le pister même s'il n'a pas donné son accord. Des prises de rendez-vous chez un pédiatre, un dermatologue ou un cancérologue en disent beaucoup sur l'état de santé des personnes, ce qui peut intéresser les assurances ou les banques. Aux États-Unis, les experts de la surveillance numérique recommandent aux femmes qui résident dans des États anti-avortement de supprimer les applications de *tracking period* (suivi des cycles menstruels) qu'utilisent 100 millions de femmes américaines, et de ne pas apporter leur portable si elles visitent une antenne du planning familial.

Au sens commun, un monde dit orwellien désigne une dictature, un régime totalitaire. Dans *1984*, une police de la pensée est chargée de traquer toute contestation, de réprimer les dissidents.

Un ministère de la Vérité a pour mission de modifier le passé en permanence, de façon à justifier la politique présente selon la méthode préconisée par Big Brother : « Celui qui a le contrôle du passé a le contrôle du futur. Celui qui a le contrôle du présent a le contrôle du passé. » Une novlangue, au vocabulaire et aux tournures de phrase spécifiques, forme les esprits en ce sens : ce qui n'est pas nommé n'existe pas, ce qui existe est exprimé d'une certaine façon.

Qu'en est-il dans notre monde réel ? La République populaire de Chine est le pays le plus proche de l'univers totalitaire décrit par le roman. Censure, impossibilité pour les internautes chinois d'accéder directement à la Toile mondiale, surveillance permanente des réseaux sociaux : la toute-puissante police de la pensée imaginée par Orwell est à l'œuvre à Pékin. Le système chinois est un rejeton du régime stalinien – les moyens numériques en plus –, dont l'auteur s'est inspiré pour son roman. L'interdiction de mots tels que liberté, démocratie, droits de l'homme, qu'imposent sur Internet les autorités chinoises, de peur qu'ils ne donnent des idées au peuple, est une méthode digne de la novlangue. La réécriture du passé en fonction de la politique en cours est un classique des dictatures. Récemment, Vladimir Poutine a usé de ce procédé pour légitimer sa guerre contre l'Ukraine, en révisant l'histoire des relations Moscou-Kiev sous l'angle d'une soumission éternelle.

Dans l'univers de *1984*, la planète entière est engagée dans une guerre perpétuelle, à travers des conflits à géométrie variable. L'Autre, l'Ennemi, peut changer d'identité selon les intérêts du Pouvoir, mais il doit impérativement être. Son existence, plus supposée que réelle, sert à faire peur, à justifier la répression des « traîtres », à imposer l'ingérence protectrice de l'Autorité dans la vie de chacun. Face à l'adversité, les citoyens n'ont d'autre choix que de s'en remettre à la protection rassurante du Pouvoir. Alors, Big Brother est aimé. La figure de l'ennemi, qu'il soit ethnique, politique, économique, religieux est un classique de toujours – mais non une exclusivité – des régimes autoritaires, qui l'instrumentalisent en fonction des buts poursuivis. Le complexe obsidional est un bon ciment social, autant qu'une excuse pour justifier l'agressivité extérieure. Peu de nations, ou blocs de nations, n'ont jamais eu d'ennemis héréditaires qui servent d'alibi pour le maintien de la cohésion politique et pour prouver la nécessité de la guerre. Inspiré par le monde qu'il avait sous ses yeux, tout juste sorti d'un affrontement planétaire, Orwell en a forcé les traits pour mettre en garde sur les dérives possibles de tout pouvoir. *1984* est une allégorie davantage qu'une fable, c'est sous cet angle qu'il faut en comprendre le message.

Il y a de l'orwellien dans notre monde numérique. Appliquer la méthode de l'auteur, insister sur certains aspects du quotidien, aide à percevoir combien la fiction d'hier décrit en partie notre réalité, ou vice versa. En premier lieu, comme dans le roman, la frontière entre vie privée et vie publique tend à s'effacer de nos jours. Les applications où s'étalent goûts, pensées, amis, moments intimes, rendent le privé public, un mélange contraire au bon ordonnancement d'une société démocratique classique. Selon la conception athénienne à l'origine du concept, la sphère privée se rapporte à la vie et à son entretien quand seules les activités publiques créent un monde commun : d'un côté ce qui est propre à chacun, de l'autre ce qui regarde la collectivité, distinction reprise par la philosophie des Lumières.

La confusion des genres sur Internet, au nom d'une transparence revendiquée, permet à la collectivité de prendre le pas sur l'individu. Les possibilités de surveillance, les manipulations s'en trouvent décuplées pendant que les sites, et les plates-formes qui les abritent, échappent eux-mêmes à cette transparence quand l'utilisateur ignore comment ils fonctionnent. Le dévoilement volontaire auquel les internautes se livrent en permanence offre en pâture leur intimité, il les fragilise vis-à-vis de la communauté, il les pousse à l'autodiscipline pour se protéger des autres : « Si vous faites quelque chose dont vous souhaitez que personne ne le sache, peut-être devriez-vous commencer par ne pas le faire », avertissait en 2009 le PDG de Google dans un entretien à CNBC.

Un monde totalitaire se distingue de la dictature par l'obligation faite à chacun d'intégrer les règles et les interdits du pouvoir, afin qu'il devienne son propre gardien. La dictature se « contente », elle, d'user de la force pour faire respecter son ordre. La société numérique n'est pas totalitaire, elle en offre juste les possibilités, sur le modèle de la police de la pensée que décrit Orwell, doublée d'une police du comportement grâce à la vigilance des internautes mobilisés à cet effet. Dans une société de contrôle comme la nôtre, le traitement remplace le châtiment, le citoyen est appelé à devenir son propre surveillant, l'observation (des autres) est déléguée à la personne qui se trouve elle-même sous l'œil de la communauté des internautes. Une sorte de mise en abyme numérique.

À Harvard, à Yale, et dans d'autres grandes universités américaines, des plates-formes de dénonciation anonymes ont été mises à la disposition des étudiants pour qu'ils signalent tout manquement aux règles sanitaires. En Corée du Sud, le gouvernement a fait la chasse aux comportements à risque en offrant des bons d'achat aux délateurs en ligne les plus actifs. Aux États-Unis, à la suite de l'invasion du Capitole, en janvier 2021, par les partisans de Donald Trump, le FBI a reçu spontanément des dizaines de milliers de photos et de vidéos d'internautes pour que soient identifiés les assaillants. À Moscou, en pleine guerre contre l'Ukraine, le « surveillez-vous les uns les autres » a été institué. Ainsi une femme prévint-elle la police que sa voisine de métro regardait une vidéo de Volodymyr Zelensky, le président ukrainien. En France, une plate-forme numérique réservée à la police et à la gendarmerie permet à tout anonyme de signaler les deals entre trafiquants de drogue et consommateurs pour faciliter l'intervention des forces de l'ordre. À Nice, toujours à la pointe de l'obsession sécuritaire, la municipalité a fait tester l'application Reporty qui permet de transmettre directement à la police les images prises par le smartphone d'un particulier témoin d'un délit.

Les incitations à la délation ne sont pas propres à l'ère du numérique, les « corbeaux » ont toujours existé. Les outils disponibles permettent d'en multiplier le nombre et d'en décupler les effets par le concours spontané d'innombrables *small brothers* convaincus d'agir pour le bien de tous. Transférer de l'État aux citoyens la charge de leur propre sécurité facilite la mise en place d'une « société de vigilance » semblable à la bienveillance d'un Big Brother protecteur.

Police de la pensée et esprit démocratique sont antinomiques. En revanche, une pensée à sens unique peut s'imposer par « consensus », quand les algorithmes du Net incitent à des rapprochements en matière d'idées, de goûts, d'aptitudes, y compris de mœurs avec les sites de rencontres, en usant de calculs dont, répétons-le, nul ne connaît les mécanismes. Les réseaux sociaux qui chassent en meute, sous l'effet des algorithmes précisément, sont porteurs de cette pensée à sens unique, jusqu'à ostraciser ceux qui s'en détournent. Le terme de « politiquement correct », qui sert de fourre-tout selon le sens qui lui est donné, désigne ce phénomène lorsque sont imposés une ligne, une conduite, des comportements dont le non-respect condamne les déviants au pilori des usagers de la Toile. Rien de comparable à la vision orwellienne d'un Big Brother omnipotent, c'est entendu, pour autant, tout phénomène qui incite à penser de manière univoque, à encadrer l'expression, à conditionner les esprits, attente à la liberté de penser, davantage si les mécanismes qui en sont responsables échappent à la volonté humaine, par algorithmes interposés. Il y a dans le panurgisme des réseaux sociaux une tendance Big Brother quand toute liberté prise par rapport à la doxa se trouve condamnée.

Dans la dystopie d'Orwell, le passé est instrumentalisé pour justifier la politique en cours. Cette pratique n'a rien à voir avec les diverses interprétations possibles de l'histoire tant qu'elles peuvent être discutées, dans le respect des faits qui, eux, ne peuvent et ne doivent pas être trafiqués. C'est par cette méthode, par exemple, qu'un courant de pensée dit négationniste a cru bon de contester au siècle dernier l'usage des chambres à gaz dans le processus d'extermination des Juifs par les nazis, en falsifiant les preuves accumulées pour attester du génocide. De nos jours, la vérité des faits se trouve malheureusement de plus en plus mise en cause par la place qu'ont prise les réseaux sociaux dans les débats publics. Les « fake news », plaies de l'Internet, falsifient le présent quand le passé subit des assauts idéologiques qui en brouillent l'entendement. Deux phénomènes récents de société, venus des États-Unis, l'illustrent : le wokisme et la « cancel culture », qui rendent le scénario de type orwellien crédible.

Le wokisme, qui vient de l'anglais *woke* (éveillé), dénonce toute forme de discrimination, singulièrement raciale et sociale, ce qui est une cause juste.

La méthode utilisée pour ce combat est plus discutable quand il ne s'agit plus seulement de dénoncer les phénomènes actuels de ségrégation, mais de revoir le passé à l'aune de cette bataille pour l'égalité, notamment en déboulonnant les statues dédiées aux héros d'antan. Pour les militants de cette cause, l'histoire ne doit plus être perçue dans sa réalité, c'est-à-dire telle qu'elle s'est déroulée, mais telle qu'elle aurait dû être selon leurs propres critères. En somme, ils veulent revisiter le passé avec le prisme des mentalités actuelles. Ce n'est plus du révisionnisme historique dès lors que la nouvelle version devient impérative, sur le mode du fameux slogan de Big Brother, déjà mentionné : à vouloir contrôler le passé, ces nouveaux censeurs œuvrent pour un futur plus respectueux de leurs propres valeurs. Une démarche typiquement orwellienne qui fait fi de toute perspective historique, un cadre pourtant essentiel si l'on veut comprendre l'évolution des sociétés dans le temps.

La « cancel culture » – culture de l'effacement, de l'annulation – use des mêmes procédés quand elle dénonce des actes, des comportements, des propos, des écrits d'hier en les jugeant à l'aune des conceptions en vogue de nos jours. En épurant tout phénomène culturel qu'ils jugent non conforme, les militants de cette cause censurent, interdisent, suppriment ce qui ne correspond pas à leurs critères moraux. Leur démarche est en cela similaire à celle des fonctionnaires du ministère de la Vérité chargés dans *1984* d'éliminer tout ce qui est contraire aux dogmes du moment. En d'autres temps, sans les moyens que leur donnent les nouvelles technologies pour rallier à leur cause tout un troupeau numérique, ces procédés autoritaires seraient restés marginaux. Le mimétisme joue à plein dans ces phénomènes de masse qui culpabilisent, voire frappent d'ostracisme ceux qui refusent d'en être.

Dans l'Europe de vieille culture, ce type de pensée à sens unique, par réseaux sociaux interposés, reste encore marginal. Il en est autrement dans les milieux universitaires américains, et par-delà dans l'élite intellectuelle du pays, qui vivent sous l'emprise de ces nouvelles idéologies où le monde n'est plus perçu autrement qu'au travers de leur seul prisme. À travers de telles méthodes, la liberté d'expression finit par succomber, victime d'un terrorisme intellectuel. La vague #MeToo, qui a hystérisé les rapports hommes-femmes, les croisades autour du genre, du décolonialisme et toutes les autres luttes intersectionnelles à la mode, brandies comme les nouvelles règles impératives du vivre-ensemble, participent de cet étouffement. Si la conquête de nouveaux droits n'est pas contestable, la terreur dont usent leurs partisans pour les imposer est en revanche condamnable.

Toutes ces revendications sociétales nées aux États-Unis portent en elles un vice d'origine. Il y a bientôt deux siècles, à l'issue de son voyage en Amérique, Tocqueville s'était interrogé sur le pouvoir qu'y exerçait la majorité de l'opinion sur la pensée. « Je ne connais pas de pays où il règne, en général, moins d'indépendance d'esprit et de véritable liberté de discussion qu'en Amérique », jugea-t-il. Curieux constat pour une fédération d'États considérée comme le berceau de la démocratie, et qui s'en prétend toujours le modèle grâce à l'équilibre des pouvoirs chargé de la garantir. Le développement des techniques de communication qu'a connu cet immense pays, à partir de l'avènement du télégraphe, y a même fait éclore un quatrième pouvoir, médiatique, symbole de la liberté d'expression. Les impressions de Tocqueville, qui datent d'avant cette révolution technique, peuvent donc paraître obsolètes : « En Amérique, la majorité trace un cercle formidable autour de la pensée, poursuit-il. Au-delà de ces limites, l'écrivain est libre ; mais malheur à lui s'il ose en sortir. On ne condamne personne [pour ses ouvrages], mais personne n'est tenté de les écrire. »

Ces propos conviennent toujours à l'Amérique que nous connaissons, où l'emprise des réseaux sociaux finit par faire majorité et par enfermer la pensée dans un nouveau cercle, numérique, dans lequel le monde médiatico-intellectuel américain tourne en rond pour ne plus parler que d'une seule voix, dans le but de dénoncer en chœur le mâle blanc, riche, hétérosexuel, patriarcal, raciste, colonialiste, impérialiste, autant de qualificatifs tautologiques qui le rendent coupable de tous les maux. « Votre vie, vos biens, tout vous reste ; mais de ce jour vous êtes un étranger parmi nous », fait dire Tocqueville à la majorité pensante contre ceux qui s'excluaient à son époque du consensus par leur dissidence. La culture américaine vit de nos jours une période de glaciation intellectuelle sous la férule des Fouquier-Tinville qui règnent en maîtres sur l'Internet. Et comme en termes de mode, de manière de vivre, de façon de penser, les États-Unis servent le plus souvent d'éclaireurs pour le reste du monde, ces travers ont tendance à se répandre sur la Toile.

L'usage du Web est soumis à des ressorts humains connus, les mêmes qui ont fait le miel des idéologies totalitaires au siècle dernier – envie, jalousie, haine. Dans l'Océania de Big Brother, chaque habitant doit se livrer quotidiennement aux Deux Minutes de la Haine, une allégeance supplémentaire envers le dictateur, grand protecteur face à l'Ennemi haï. Les nouvelles technologies permettent d'exprimer des sentiments similaires. S'y retrouvent l'intolérance à l'égard des opinions divergentes, le goût de l'humiliation publique, l'ostracisme, et une tendance à recourir à une certitude morale aveuglante. Les réseaux sont même en passe d'accomplir une promesse que les idéologies totalitaires d'hier n'avaient pas réussi à satisfaire, en cherchant à abolir toute vie privée au nom d'une transparence égalitariste.

Dans le monde orwellien, la novlangue a pour fonction d'influencer la pensée, soit par des interdits, soit par des changements de sens pour les mots eux-mêmes, ce qui aboutit à des formules telles que « la guerre c'est la paix, la liberté c'est l'esclavage, l'ignorance c'est la force ». Dans notre monde numérique, nous utilisons aussi un nouveau langage. L'informatique a ses termes techniques, abscons pour le commun, ce qui n'a guère d'impact sur l'usager du Net. Il en va autrement des changements dans le langage courant qui influent, eux, sur nos échanges, notre compréhension mutuelle.

Agir sur le champ lexical consiste à modifier des expressions pour soumettre la façon de penser à de nouveaux sens qui sont donnés à des mots, à de nouvelles manières d'écrire. Parler par exemple d'une personne de couleur, ou qui menstrue, pour qualifier tout être qui n'est pas blanc ou toute femme qui l'est réellement, doit permettre, selon les promoteurs de ces trouvailles, de réduire les discriminations raciales ou sexuelles. Écrire Black avec une majuscule, et white avec une minuscule, comme c'est devenu l'usage au *New York Times*, se veut une façon de soutenir la cause des noirs américains. Dans le monde universitaire américain, l'expression « le mot commençant par B » (pour désigner les blacks) est devenue une formule obligatoire pour parler des noirs sans les nommer. Et gare à ceux qui outrepassent l'oukase. Ce type d'exercice, naïf au fond, tient de la bonne conscience. Tout autres sont les intentions qui le motivent. Elles dénotent, elles, une volonté d'imposer des opinions par la manière de les exprimer, en d'autres termes par une dictature de la pensée.

Croire que modifier l'usage de la langue bouleversera le réel tient de l'idéologie. En pratique, la méthode a un impact : tout contrôle de la langue est une censure déguisée si elle restreint le domaine de la pensée en interdisant certains mots, si elle réussit à imprégner les esprits jusqu'à obliger à l'autocensure. Au prétexte de ne pas discriminer des minorités, un nouveau vocabulaire ou une nouvelle forme d'expression peuvent conduire à d'autres discriminations. En France, par exemple, l'écriture inclusive destinée à établir l'égalité entre le féminin et le masculin revient à imposer un féminin ostentatoire pour libérer la langue d'une prétendue mainmise du patriarcat. Il ne s'agit pas seulement d'une adaptation « technique » au nom d'une égalité de représentation, mais aussi d'une tentative d'emprise idéologique destinée à contraindre, formater, contrôler. En vogue surtout dans les milieux universitaires, l'écriture inclusive est une survivance du tropisme égalitaire qui imprègne les mentalités du corps enseignant, en deuil de l'espérance révolutionnaire morte avec l'effondrement du communisme dont l'idéologie a tant séduit les intellectuels au XXe siècle.

Rien de cela ne sert une démarche éthique au profit du genre féminin. Comme tout pré-jugé, celui-ci empêche la délibération quand chacun est sommé de rejoindre sans discuter un consensus pré-établi : le propre d'une pensée unique sclérosante. Une fois de plus, ce phénomène resterait marginal et sans impact sur la vie réelle, si les nouvelles technologies ne leur donnaient pas un écho surdimensionné, grâce au panurgisme qu'elles suscitent.

Une autre ombre orwellienne plane sur notre monde numérique quand la norme déjà évoquée, portée par la « doxacratie » du Net, impose de traiter l'expression des opinions sur un pied d'égalité jusqu'à obliger à une reconnaissance des modes de vie qu'elles recommandent. Il se met en place, par cette méthode, une dictature des minorités les plus agissantes, qui outrepassent leur droit légitime à exister, à être protégées. La norme ne peut être la loi, substituer l'une à l'autre revient à limiter la liberté de tous au profit de quelques-uns. Dans une société démocratique, les normes doivent se distinguer des valeurs. Les premières règlent l'existence commune, par exemple l'égalité de traitement, les secondes relèvent du mode de vie de chacun. Il y a d'un côté la vie en société soumise à des règles que tous doivent respecter, de l'autre les valeurs propres à chaque individu ou à chaque groupe. Gommer cette différence, vouloir faire des valeurs la norme, au nom d'une idée ou d'une cause jugée supérieure, est le propre d'une pensée et d'une pratique totalitaires.

Une quinzaine d'années avant la publication de *1984*, Aldous Huxley achevait sa célèbre dystopie, *Le Meilleur des mondes* (1932). Dans l'État mondial que dépeint cet auteur, l'histoire n'est plus enseignée, l'individualisme est suspect, la solitude est interdite, la culture est combattue, l'enseignement diffusé pendant le sommeil conditionne les esprits, la drogue est utilisée pour abêtir et discipliner les habitants, les esprits sont préparés à ne plus craindre la mort, la sexualité est un loisir à durée limitée, la reproduction est assurée de manière artificielle, les fœtus sont « cultivés » dans des bocaux et manipulés génétiquement pour être prédestinés aux fonctions qui leur seront attribuées, la société est divisée en castes inférieures et supérieures dont chaque membre se satisfait grâce au conditionnement qu'il a reçu, ce qui assure la stabilité sociale. « Il semble que l'Utopie soit beaucoup plus proche de nous que quiconque ne l'eût pu l'imaginer il y a seulement quinze ans, constatait Huxley dans une préface écrite après la Seconde Guerre mondiale pour une nouvelle édition de son livre. À cette époque je l'avais lancé à 600 ans dans l'avenir. Aujourd'hui, il semble pratiquement possible que cette horreur puisse s'être abattue sur nous dans le délai d'un siècle. » L'échéance approche si l'on en croit Huxley.

Ce meilleur des mondes est déjà un peu le nôtre : de nos jours, l'histoire est plus ou moins bien enseignée. Surtout, l'accélération du temps et la réduction de l'espace, sous l'effet de la vitesse croissante de nos interactions numériques et de nos déplacements, tendent à privilégier un « présentisme » que les réseaux sociaux colportent par la spontanéité de leurs débats et le mimétisme des réflexions, hors de tout recul historique ; chaque génération d'internautes tend à (re)découvrir la lune, faute d'une appréhension suffisante du passé, quand celui-ci n'est pas tout bonnement rejeté comme une connaissance inutile ; l'individualisme est une attitude sociale condamnée, cataloguée comme une manifestation d'égoïsme par des esprits imprégnés d'idéaux hérités du socialisme d'antan, et sous l'emprise d'États maternants qui se font fort d'œuvrer pour le bien collectif ; la solitude s'efface devant la transparence exigée par l'hyperconnexion ; la culture, l'enseignement sont soumis aux diktats de nouvelles normes imposées par des minorités agissantes ; la drogue reste interdite, néanmoins des « salles de consommation à moindre risque », selon leur nom officiel, sont réservées aux plus dépendants ; les jeux vidéo, les séries, qui mobilisent l'attention, jouent un rôle de drogue addictive pour l'esprit ; les castes, ou plutôt les classes, se reproduisent quand l'ascenseur social est en panne, même en dépit des mesures de discriminations positives destinées à en atténuer les effets.

La renommée du roman d'Huxley doit beaucoup à la description faite des fœtus pré-conditionnés en fonction de leur vie à venir. Une vision eugéniste terrifiante. La « culture » de fœtus n'est plus taboue en ce début du XXIe siècle, le bébé-éprouvette a déjà été testé, avec possibilité d'en choisir le sexe par manipulation génétique. La naissance en 2018 de trois petites filles chinoises, dont le génome avait été génétiquement modifié par un biologiste, fit scandale, ce qui n'a pas empêché les recherches de se poursuivre un peu partout dans le monde sur les possibilités de donner vie à des « bébés à la carte ». En prédisant que la reproduction de l'espèce se ferait hors rapports sexuels, Huxley ne pouvait imaginer les progrès qui ont été réalisés depuis en matière de contraception, et qui ont permis de distinguer l'acte sexuel de la procréation. Ces avancées ont libéré les femmes des grossesses non désirées et participé de leur émancipation, confortées par le droit à l'avortement. Dans la dystopie, la multiplication des partenaires est encouragée, à condition que les relations n'excèdent pas quelques semaines. Comment ne pas voir dans cette anticipation la place prise par les sites de rencontres sur Internet, le rôle joué par les applications qui permettent de trouver presque instantanément un partenaire sexuel en vue de rapports immédiats, souvent éphémères ? La procréation médicalement assistée permet par ailleurs à un couple de femmes d'avoir un enfant par insémination artificielle, et la gestation pour autrui de faire appel à des mères porteuses afin de satisfaire le désir d'enfant des couples stériles ou gays. Engendrer n'est plus seulement affaire de relations sexuelles.

Dans notre civilisation du « sans contact », où tout se fait, se voit, se pratique par écrans interposés, ce qui touche au sexe lui-même s'en trouve perturbé. Plus d'un tiers des Japonais de moins de 34 ans sont toujours vierges. Aux États-Unis, le pourcentage d'adolescents de moins de 18 ans qui ont déjà fait l'amour est en baisse significative (de 54 à 40 %), la proportion d'adultes qui y déclarent n'avoir pas eu de rapports au cours de l'année précédente est en augmentation (de 18 à 22 %). En Finlande, une étude a noté une diminution des rapports et une augmentation de la masturbation. Ces phénomènes n'ont rien de marginal, le désir d'échanges physiques est concurrencé par les distractions qui se pratiquent en solitaire, cloîtré chez soi. Dès 2015, Jean Twenge et Jonathan Haidt, professeurs américains de psychologie sociale, ont observé deux tendances chez les adolescents : la raréfaction des rencontres et des relations sexuelles et la multiplication des états dépressifs, des souffrances liés à la solitude. En 2021, ils établissent que cette détérioration de la santé mentale est apparue avec la généralisation de l'usage des médias sociaux (*New York Times*, 31 juillet 2021).

Dans *Le Meilleur des mondes*, l'être humain est conditionné pour être indifférent à la mort. Sur cette question, notre univers numérique diffère du roman. Le Net alimente le narcissisme, chacun s'y voit/s'y croit beau grâce au miroir des réseaux sociaux. Le temps brise peu à peu cette image, la peur de vieillir se manifeste entre autres par le sort réservé aux personnes les plus âgées, cantonnées dans des institutions spécialisées pour qu'elles se dérobent à nos yeux. La crainte du grand âge n'est pas une manifestation de « jeunisme », mais plus sûrement celle d'un culte du moi que la vieillesse vient contrarier. L'épisode du Covid a mis en évidence cette peur de la mort, ce dont les pouvoirs politiques et médicaux ont joué pour faire accepter des restrictions de libertés sans précédent.

Faire reculer la mort est une obsession des gourous du Net qui, après avoir révolutionné nos modes de vie, voudraient éterniser celle-ci. L'injection de plasma de sang, provenant de donneurs âgés de moins de 25 ans, permettrait dit-on de retarder le vieillissement des cellules. Plus scientifiquement, la tentation de comparer le corps à un ordinateur pousse les chercheurs à vouloir booster l'homme ainsi qu'il est fait d'une nouvelle programmation. Le but est d'utiliser le code génétique pour pirater la mort comme on manipule un code informatique pour pénétrer un réseau.

La reprogrammation cellulaire, à laquelle travaille la start-up américano-britannique AltosLabs, créée par le milliardaire d'origine russe Iouri Miller, consiste à transformer des cellules adultes en cellules souches immatures pour qu'elles puissent ensuite être adaptées à la demande à n'importe quel type de cellule. Une autre voie propose de créer des banques de « pièces détachées » organiques destinées à remplacer des parties défaillantes du corps. Des embryons transgéniques sont créés à partir de cellules de peau, ou de sang, pour être utilisés en médecine réparatrice. Développer des organes humains par l'intermédiaire d'animaux, pour pallier la pénurie de greffons, est un autre axe de recherche en expansion. La start-up Netcom, fondée par deux anciens membres du MIT, tente de son côté de préserver un cerveau humain dans l'espoir d'en numériser le contenu pour le transférer ensuite sur un ordinateur ou un robot.

Le transhumanisme n'a pas attendu la révolution numérique pour vouloir améliorer nos capacités physiques et augmenter l'espérance de vie, elle lui offre simplement de nouvelles possibilités. Les recherches actuelles sont dans la logique de l'utopisme que portent les grands opérateurs du Web, déjà persuadés qu'en agissant sur l'homme, son environnement, ses aptitudes, ses goûts, ses mœurs, etc., ils forgent un nouveau genre humain. Ils veulent désormais nous rendre plus intelligents, plus performants en opérant non plus *sur* mais *dans* l'homme. Il y a un siècle, des chercheurs soviétiques étaient également partis à la quête de l'immortalité de l'homme nouveau qu'annonçait la vision totalitaire du régime. Riches et puissants, les fondateurs de Google, Amazon, Facebook, PayPal, d'autres encore, sont pour leur part convaincus, au-delà de leurs rivalités commerciales, de pouvoir dépasser l'horizon fatal de toute vie. Dans cet espoir, ils investissent des milliards de dollars dans des start-up qui conjuguent le numérique, les nanotechnologies, la biologie et les sciences cognitives.

Notre appétence pour la vie n'a cessé de croître avec son prolongement, ce qui explique l'attirance qu'exerce le transhumanisme. Plus la durée de vie augmente, plus nous ressentons ce que nous allons manquer, plus la frustration de ce que nous ne connaîtrons pas se fait sentir, d'où la tentation d'aller au-delà des limites biologiques. « L'homme civilisé, placé dans le mouvement permanent d'une civilisation qui ne cesse de s'enrichir en pensées, savoirs, problèmes, peut se sentir "fatigué" de la vie, jamais "rassasié" par elle », estimait déjà en son temps Max Weber dans *Le Savant et le Politique* (1919). « De ce fait, la mort est pour lui un événement dépourvu de sens. » Démiurges ou apprentis sorciers, les transhumanistes du Net sont animés d'espérances qui renvoient à la science-fiction où nombre de scénarios ont déjà exploré la question.

Elon Musk, le fondateur de Tesla, Space X, etc., figure parmi les hommes les plus riches du monde. Inspiré par *Neuromancer* (1984), le roman de William Gibson qui a initié le mouvement cyberpunk, il rêve de mettre au point une cartouche informatique, connectée au cerveau humain, capable de lui apporter instantanément, et à la demande, des connaissances supplémentaires, comme l'usage d'une langue par exemple. La fusion homme-machine est l'obsession de Musk, il y voit l'unique moyen pour le genre humain d'éviter la domination prochaine de l'intelligence artificielle (IA) qui finira par donner aux machines toutes les capacités cognitives de l'être humain. En ce domaine, il ne s'agit déjà plus de science-fiction. Depuis que l'ordinateur Deep Blue a battu le champion du monde d'échecs Garry Kasparov, en 1997, ce risque existe. À l'époque, la puissance de calcul a eu raison du champion. Les ordinateurs ont ensuite appris à s'auto-perfectionner en apprenant par eux-mêmes, jusqu'à dépasser les capacités humaines dans bien des domaines. Ce processus de *deep learning* devrait prendre fin d'ici 2045 si l'on en croit les futurologues actuels. La machine sera alors définitivement supérieure à l'homme. La technologie quantique qui ne cesse de progresser, avec une puissance de calcul incommensurable par rapport à l'informatique, va rendre la compétition homme-machine plus inégalitaire encore. Les optimistes gardent l'espoir de continuer à pouvoir débrancher les appareils à temps, les pessimistes se demandent si le système se laissera faire.

L'IA est omniprésente dans toutes les techniques de surveillance qui nous rapprochent chaque jour davantage d'un monde à la Big Brother. Elle a notamment pénétré l'entreprise au prétexte d'une gestion plus efficace. Le code du travail français autorise une surveillance à distance des employés à condition qu'elle soit « proportionnée » et que les personnes concernées en aient été informées. Ce système permet entre autres d'identifier les salariés susceptibles de vouloir quitter l'entreprise. Le télétravail amplifie la surveillance. Un tiers des employés français ignorent si leur entreprise a mis en place des dispositifs pour évaluer leur travail à domicile quand, dans le même temps, la majorité (63 %) des sociétés concernées ont déjà adopté ce type d'outils : supervision du télétravail à l'aide de logiciels de surveillance des mails et de la navigation internet, vidéosurveillance via webcams avec suivi du regard, logiciel d'enregistrement des frappes du clavier, etc.

Selon l'OCDE, un tiers des emplois dans le monde industrialisé vont être radicalement transformés par l'IA ces prochaines années. À commencer par le recrutement de personnel par le biais des « compétences comportementales » des postulants, mises en valeur par l'intelligence artificielle qui croise et analyse une plus grande quantité de données que ne saurait le faire un responsable en ressources humaines. Chez H&M, les décisions opérationnelles sont prises en fonction des recommandations d'une intelligence artificielle. Les futurs modèles de Honda sont élaborés à partir des projections faite par l'IA sur les goûts des utilisateurs. On trouve encore l'IA dans la mise au point des robots qui pallient le manque de main-d'œuvre des secteurs confrontés à des difficultés de recrutement – maisons de retraite médicalisées, restauration, aide à domicile. Le marché des robots de compagnie est quant à lui prometteur, y compris pour servir de partenaire sexuel. De *AI*, le film de Steven Spielberg réalisé en 2001, à *Real Humans*, la série suédoise qui voit le jour en 2012, la science-fiction n'a pas attendu ce futur immédiat pour s'en alarmer.

Les drones automatisés, présents sur tous les champs de bataille, préfigurent l'usage de robots tueurs dans le cadre des combats rapprochés, sur le terrain. Tous les états-majors militaires y travaillent, l'industrie d'armement s'y prépare. Cet avenir renvoie au scénario de *Terminator*, le film de James Cameron réalisé voilà bientôt quarante ans, où les machines tueuses ont pris le pouvoir, réduisant l'homme en esclavage, éliminant ceux qui leur résistent. Les Sala (acronyme de Systèmes d'armes létales autonomes) sont d'ores et déjà capables de trouver seules leur cible et de l'éliminer sans laisser le commandement apprécier la situation. Une version plus « humaine » de ces robots tueurs, baptisés Salia, permet d'en reprendre le contrôle en ultime recours, à condition que l'IA, à laquelle le robot obéit, laisse le temps nécessaire au commandement pour réagir.

Les géants du Web sont actifs dans l'industrie d'armement. Microsoft a signé un contrat de 22 milliards de dollars avec l'US Army pour équiper les soldats américains de casques de réalité augmentée afin qu'ils puissent disposer sur le terrain de toutes les informations disponibles, y compris satellitaires, et pour permettre au commandement de suivre à distance l'évolution des combats. Des employés de l'entreprise se sont étonnés que leur travail soit utilisé pour fabriquer des armes, sans leur consentement. « Pas question de refuser la technologie à des institutions que nous avons élues démocratiquement pour protéger les libertés dont nous jouissons », leur a répondu la direction.

La guerre a déjà commencé sur le terrain cybernétique, devenu un champ de bataille essentiel pour manipuler l'opinion par de fausses informations, pénétrer des sites protégés, s'emparer de données, déstabiliser un système adverse et même soutirer de l'argent avec les rançongiciels. Mesures et contre-mesures s'affrontent par trolls interposés quand les machines sont à la manœuvre, ou par l'intermédiaire des services secrets et de sécurité en ce qui concerne les objectifs plus ciblés. Tous les conflits militaires directs s'accompagnent désormais de cyberattaques. Les principaux opérateurs du Web trouvent leur intérêt dans cette militarisation où les échanges d'informations sont dûment rétribués.

Faute d'exercer un contrôle suffisant sur les contenus, les entreprises de la Tech ont par ailleurs tendance à attiser les tensions en laissant les algorithmes cristalliser les opinions en confondant informations crédibles et « fake news ». La désinformation, spécialité des régimes forts et dictatoriaux, est particulièrement dommageable en démocratie. La moindre consultation électorale peut dorénavant être victime de piratages susceptibles d'influencer le scrutin, ce qui ajoute une fragilité supplémentaire pour ces régimes de plus en plus contestés par des vagues populistes.

La campagne du Brexit en Grande-Bretagne et l'élection de Donald Trump en 2016 ont donné un avant-goût de l'impact de ces manipulations. Le scandale Cambridge Analytica a révélé comment, dans ces deux cas, une partie de l'opinion publique a pu être manipulée à l'aide des données recueillies par Facebook. Nombre de régimes autoritaires instrumentalisent les réseaux sociaux pour réprimer leurs minorités (Birmanie), pour désigner à la vindicte leurs opposants (Philippines), ou pour influencer les élections comme WhatsApp avec Jair Bolsonaro au Brésil.

Blockchain, cryptomonnaie, NFT (jeton non fongible selon la transcription), ces néologismes et acronyme font partie du nouveau vocabulaire numérique déjà évoqué. Ceux qui en comprennent le sens, qui savent de quoi il retourne, à quel avenir il fait référence, sont rares encore. Ce monde parallèle – il s'agit bien de cela –, devenu possible grâce aux « Big Data » – données massives et traitements à l'origine de l'IA –, est régi par ses usagers, et par eux seuls, c'est-à-dire sans plateforme régulatrice, ce qui en fait l'originalité. C'est le propre du Web 3.0, nouvelle étape du numérique. La confiance y est de mise, amplifiée par le calcul algorithmique des machines, maître ultime de ce monde. Cet univers a beau être en autarcie, il reste vulnérable aux aléas de la réalité environnante, comme en témoigne le cours capricieux du Bitcoin – la plus ancienne (2008) et la plus connue des cryptomonnaies –, qui a perdu les deux tiers de sa valeur après le déclenchement de la guerre en Ukraine.

Graal de l'ère numérique, le virtuel ne peut se détacher entièrement du réel tant que ses concepteurs et ses utilisateurs en sont issus, autrement dit tant que tous gardent les pieds sur terre. Au pire, les machines peuvent prendre le contrôle du monde, comme dans *Matrix*, série de films réalisés par les Wachowski entre 1999 et 2021. Dans ce cas, le virtuel resterait tout de même dépendant de notre monde, le seul à être concret jusqu'à preuve du contraire. Dans la plupart des fictions où un monde numérique se substitue au monde humain, celui-ci était auparavant plongé dans la désolation, victime de l'action nocive des êtres vivants. Face à leurs défaillances, les machines leur imposent alors un nouvel ordre qui les asservit. Ces anticipations sont révélatrices du rapport complexe que nous entretenons avec l'IA, où se mêlent attirance et peur.

Opposer virtuel et réel, qui n'ont pas le même statut, n'a guère de sens au fond, l'un relève du domaine des possibilités quand l'autre existe. Les jeux vidéo qui se déroulent dans un monde fictif dégagent 300 milliards de (vrais) dollars de recettes annuelles : c'est dans le monde réel que se gagnent les dividendes sonnants et trébuchants du monde virtuel. Le métavers, auquel travaillent les géants du Web, après lequel courent les entreprises du vrai monde pour y faire leur marché et anticiper leurs profits, pousse à l'extrême les possibilités du virtuel en mettant en place un monde fictionnel total grâce à des interactions en 3D. Dans cet univers connecté, le joueur connaîtra d'autres vies que la sienne, sous la forme d'avatars qu'il aura choisis, soumis aux stimulus de ses sens sollicités par la machine, en l'occurrence un casque de réalité virtuelle. L'acteur de ce monde interactif s'y mouvra comme dans un rêve matérialisé, bien qu'irréel, pour suivre des aventures fictives, conditionné qu'il sera par des sensations transmises à son propre corps. Le paradoxe d'une illusion alimentée par des impulsions et des émotions venues du monde concret.

Le mélange entre réalité virtuelle, jeux vidéo, réseaux sociaux et cryptomonnaies propices à la spéculation, présente des risques accrus de comportements aliénants ou toxiques. Définie par Meta, l'entreprise en pointe dans ce secteur, comme la construction d'un « avenir où les gens auront plus de moyens de jouer et de se connecter », cette nouvelle technologie va engendrer une foule de données personnelles supplémentaires. Les avatars en question refléteront la personnalité (voulue) par l'internaute. Il sera possible, à partir de ces données, d'identifier et de suivre l'individu réel qu'il est, cela de manière plus intime grâce aux expressions faciales, aux gestes ou encore aux réactions récoltées depuis son avatar. Ces données comportementales serviront ensuite à alimenter des campagnes publicitaires ciblées, version commerciale, ou à le surveiller dans une version plus politique.

Accessoirement, le métavers pourrait également changer notre rapport à la mort, à la manière dont Huxley l'a envisagé dans son *Meilleur des mondes*. Vivre et mourir plusieurs fois virtuellement peut aider à apprivoiser cette peur ontologique sans que nous soyons pour autant promis à une longévité éternelle. Cette perspective d'un univers alternatif, bâti sur l'opposition virtuel/réel, expose au risque de schizophrénie ceux qui s'y embarqueront avant de devoir revenir, *in fine*, à la réalité d'ici-bas. L'autre alternative consisterait à s'enfermer dans un monde virtuel idéalisé, par phobie du réel, jusqu'à ce que celui-ci se rappelle au « métaversien », par sa mort physique.

Bienvenue dans ce monde.

LA PEUR DE LA LIBERTÉ

« Sauvons la liberté, la liberté sauve le reste. »

Victor HUGO

« La liberté, c'est une corvée, et une course de fond bien solitaire, bien exténuante. Pas de champagne, point d'amis qui lèvent leurs verres en vous regardant avec tendresse. »

Albert CAMUS

« Ce que j'appelle servitude, c'est l'impuissance de l'homme à gouverner et à contenir ses passions. »

Baruch SPINOZA

Dans la fable *Le Loup et le Chien*, Jean de La Fontaine oppose deux manières de vivre. Le chien raconte au loup le bonheur que lui procure son maître qui le nourrit, le caresse, le couvre d'affection, au point que le loup, attendri, est tenté de céder à ces plaisirs. La Fontaine conclut : « Chemin faisant il vit le col du Chien, pelé :/Qu'est-ce là ? lui dit-il. Rien. Quoi ? Rien ? Peu de chose./ Mais encore ? Le collier dont je suis attaché/De ce que vous voyez est peut-être la cause./ Attaché ? dit le Loup : vous ne courez donc pas / Où voulez vous ? Pas toujours, mais qu'importe ? / Il importe si bien, que de tous vos repas/Je ne veux en aucune sorte,/ Et ne voudrais pas même à ce prix un trésor./ Cela dit, maître Loup s'enfuit, et court encor. »

Le besoin d'être conduit, et l'envie de rester libre, sont deux passions ennemies chez l'être humain, a constaté Tocqueville. Un siècle après lui, l'humaniste Georges Bernanos déplora que l'évolution technique ait fini par faire abdiquer sa liberté à l'homme : « Obéissance et irresponsabilité, voilà les deux mots magiques qui ouvriront demain le Paradis de la Civilisation des Machines », prédit-il (*La France et les robots*, 1944). L'ordinateur et ses dérivés lui donnent-ils raison quand, tout en libérant notre horizon mental, ils nous enferment dans une dépendance croissante ? L'aliénation aux outils numériques, les normes qu'ils permettent d'imposer, la soumission qu'ils facilitent sont des manifestations de la sempiternelle contradiction entre désir de liberté et appétence pour la sujétion. Le Web nous libère et nous enferme en même temps, reste à savoir laquelle de ces deux aspirations l'emporte. Nous vivons l'énième épisode d'une partition maintes fois jouée où chaque avancée libératrice a mené à de nouvelles limitations, qui briment notre audace émancipatrice.

La Boétie bien sûr, mais aussi Kant, Dostoïevski et tant d'autres ont montré que l'on passe sa vie à s'inventer des stratagèmes pour ne pas avoir à affronter la liberté. Celle-ci nous effraie pour ce qu'elle suppose de responsabilités que nous ne sommes pas prêts à assumer, d'où la tentation de l'encadrer. Être libre est une chose, en être capable une autre, a écrit Raymond Aron dans son *Essai sur la liberté* (1965). La nécessité d'entretenir des rapports avec ses semblables, avec le monde, d'éviter la solitude contrarie l'envie de liberté, qui est par essence une aspiration personnelle. Pour le psychanalyste Erich Fromm, qui a consacré un ouvrage à *La Peur de la liberté* (1941), si cette dernière a doté l'homme de l'autonomie et de la raison, elle l'a également affecté d'un sentiment d'isolement qui a engendré insécurité et inquiétude. Une situation insoutenable qui pousse l'homme à se délivrer de ce fardeau en se jetant dans une nouvelle servitude.

Le couple liberté/servitude est indissociable, de sorte que ce qui est cherché ou fui n'existe pas en soi, mais comme ce qui commande l'un ou l'autre. La liberté ne s'institue pas, elle se construit en opposition, estimait Edmund Burke, contemporain et contempteur de la Révolution française, en réaction à la Déclaration universelle des droits de l'homme de 1789. Le philosophe britannique reprochait au texte d'instituer des droits universels vides de substance alors que les libertés, selon lui, doivent se former dans des situations particulières face à des pouvoirs dont elles cherchent à se préserver. L'histoire au long cours est ponctuée de cette dualité, partagée entre volonté d'être libre et peur de l'être. Notre monde nouveau est la dernière étape en date, mais non l'ultime.

La démarche première, primaire plutôt, de l'homme, a été de s'affranchir de son environnement, une nécessité pour dominer ses frayeurs et parvenir ensuite à exploiter la nature. Cette libération et cette exploitation ont abouti à un renversement du rapport homme-nature qui est passé de la domination assumée hier, à la soumission obligée depuis que la survie de l'espèce se trouve menacée par le réchauffement climatique, notamment. La liberté prise envers la nature s'est muée en peur quant à sa pérennité, et à travers elle pour la survie de l'espèce, obligeant l'homme à changer de comportements. Cette contrainte nouvelle est affaire de raison. L'émancipation que le genre humain s'est autorisé à revendiquer sur son environnement a fini par l'effrayer, au point de nous imposer nous-mêmes des règles de vie plus restrictives.

Historien des civilisations, le Britannique Arnold Toynbee estimait que notre rapport à la nature a changé dès qu'elle ne nous a plus fait peur : « Nous adorons les choses par lesquelles nous nous sentons dominés, écrit-il, et depuis que l'homme a maîtrisé la nature, sa vénération a disparu » (*Le Changement et la tradition*, 1969). La détérioration de l'environnement, de sa prise de conscience à son instrumentalisation, fait revenir cette peur, et avec elle un nouveau rapport à la nature, élevée au rang d'ordonnateur suprême de la vie sur terre, et comme telle vénérée par l'écologie quand elle tourne à l'idéologie, chargée de tout comprendre et de tout expliquer à travers son seul prisme.

La question religieuse apporte un éclairage particulier sur le triptyque liberté-peur-soumission. À l'origine, l'homme s'est donné autant de dieux qu'il voulait afin de se sentir autorisé à agir, tout en s'obligeant à obéir en s'en remettant à eux. Croire représente depuis toujours une libération, en tant qu'incarnation de l'espoir, autant qu'une contrainte dont l'utilité, la nécessité même, réside dans le vivre-ensemble. À l'usage, le polythéisme s'est révélé plus contraignant que libérateur quand il a fallu satisfaire les caprices des dieux, leur rendre hommage, pour vivre en paix. S'en remettre à un être suprême unique a permis de se libérer de leur tyrannie, pour tomber sous l'autorité d'un seul auquel il est devenu plus difficile d'échapper.

L'Antiquité est peuplée de récits où les hommes se sont joués des dieux en les opposant les uns aux autres, gagnant de cette façon quelques espaces de liberté. Ces manœuvres sont devenues impossibles face au dieu unique, seul prescripteur et garant des règles à respecter. En se dégageant de la tutelle polythéiste, l'homme a cru se libérer avant de s'enfermer dans un rapport d'autorité univoque, peut-être plus sûr, sans doute moins souple. La Genèse en donne le ton : Adam et Ève vivaient au paradis, libres de toute contrainte, jusqu'au jour où ils croquent en connaissance de cause le fruit défendu de l'arbre de la connaissance du bien et du mal, provoquant le courroux de Dieu. Chassés du jardin d'Éden, ils sont condamnés à devenir mortels. La parabole de cette liberté perdue au détriment de la vie éternelle est un avertissement qui fait du libre arbitre un fardeau trop lourd pour être porté par l'être humain.

La morale du péché introduite par les Hébreux a bouleversé le rapport à la divinité et à la communauté, envers lesquelles chacun a dorénavant des devoirs. Dans l'Ancien Testament, Yahvé est un dieu juste et naturel, dans la nouvelle morale la volonté divine demeure inaccessible à la raison. L'homme s'est libéré d'un dieu bon et proche pour se mettre sous la coupe d'un dieu directif et inaccessible. Les valeurs religieuses constituent les premières limites que l'être humain a imposées à sa propre liberté. C'est ainsi que saint Augustin, édificateur des règles chrétiennes, distingua liberté humaine et liberté donnée par la grâce, qui la transcende. Cette grâce est un don de Dieu qui, seul, permet de savoir si le bon choix a été fait, plaçant la liberté sous la tutelle divine. L'émancipation d'origine a conduit à une nouvelle soumission d'apparence plus douce mais plus exclusive. Le rigorisme affiché par la suite par l'islam, autre monothéisme, peut être interprété comme une dérive, avec l'islamisme en apothéose.

L'organisation des sociétés humaines a suivi un peu partout dans le monde un cheminement similaire, aiguillonnée par cette même peur de la liberté. De l'État par exemple, institué pour vivre en harmonie, pour apporter protection et, dans sa version républicaine, pour libérer de l'arbitraire de l'Église, du seigneur, du roi, nous attendons des garanties toujours plus efficaces. Le monopole de la violence lui a été confié pour qu'il puisse imposer la loi à tous, au point que de décrets en règlements divers, l'extension du domaine étatique n'a plus connu de limite, exerçant une emprise toujours plus forte sur la société, intervenant en tous domaines, réglant les vies de la naissance à la mort, du travail aux relations personnelles, de l'éducation à la culture, etc.

La nation, autre entité devenue commune à la plus grande partie de l'humanité, en vue d'assurer la cohésion des peuples vivant dans un espace commun, se veut un facteur d'identité. Ce mandat a souvent été outrepassé. Associé à l'État, qui lui est consubstantiel – l'État fait la nation –, le fait national a engendré un nationalisme mortifère. Loin de libérer les hommes, l'idée nationale a cultivé en eux la peur de l'Autre, de l'étranger à la communauté, au point de les inciter à s'entretuer en masse. Quant au peuple, qui fit une entrée fracassante dans l'histoire en tant que porteur de la liberté, à partir du XVIIIe siècle, il a pu par la suite sombrer dans le populisme, pis dans le totalitarisme. Le bel idéal de la souveraineté populaire est allé jusqu'à s'abîmer dans des systèmes destinés à broyer le genre humain.

Opposer le bonheur d'une liberté sans entraves à une liberté réglementée par les obligations de la vie en commun, peut sembler simpliste à l'échelle du temps. « L'homme primitif avait la part belle, puisqu'il ne connaissait aucune restriction à ses instincts, admet Freud. [...] L'homme civilisé a fait l'échange d'une part de bonheur possible contre une part de sécurité. Mais n'oublions pas que dans la famille primitive le chef seul jouissait d'une pareille liberté de l'instinct ; les autres subissaient en esclaves son oppression [...] soumis à des restrictions d'un autre ordre, mais plus sévères peut-être que n'en subit le civilisé moderne » (*Malaise dans la civilisation*, 1930). Par souci d'équité, la liberté n'a pas échappé au processus général de socialisation. Soumise à la nécessité d'une répartition plus juste, et non plus réservée à la jouissance de quelques-uns, elle a pu aussi voir ses valeurs détournées, jusqu'à aller s'abîmer dans des régimes totalitaires à prétention égalitaire.

Vivons-nous plus libres que les idolâtres d'antan, que le villageois d'autrefois qui ne parlait pas toujours la même langue que celle des contrées voisines, que le quidam qui ne connaissait pas la conscription et laissait les guerres aux mercenaires, que le paysan qui ne rendait de comptes qu'au seul seigneur, que le citoyen qui ne payait pas d'impôts supérieurs aux biens et services que l'État est censé lui fournir en échange ? En somme, si l'homme s'est libéré de nombreuses chaînes, dont celles de l'oppression primaire, il s'en est forgé de nouvelles, en s'enfermant dans des obligations souvent plus contraignantes.

Ce que nous avons gagné au fil des siècles en doublant notre temps de présence sur cette terre ne nous a pas permis de redoubler de sagesse au point de revendiquer davantage d'autonomie par rapport aux pouvoirs institués. L'État-providence a accentué l'appétence humaine pour la sécurité au détriment de la liberté, celle-ci se trouvant entravée par une prise en charge étatique toujours plus pesante. Le philosophe anglais John Locke souhaitait que « le but de la loi ne soit pas d'abolir, ni de restreindre, mais de préserver et d'accroître la liberté des gens » (*Traité du gouvernement civil*, 1690). L'inverse est advenu. Les lois ont multiplié les interdits plus qu'elles n'ont préservé les libertés, ce qui se sait depuis longtemps : « La loi, c'est encore d'obéir à la volonté de l'un », estimait Héraclite, six siècles avant l'ère chrétienne.

Qu'en est-il de l'initiative de chacun qui devrait avoir pour seule limite le tort fait à autrui, définie par John Stuart Mill ? « La seule liberté digne de ce nom, estimait ce penseur libéral, est de travailler à notre propre avancement à notre gré, aussi longtemps que nous ne cherchons pas à priver les autres du leur ou à entraver leurs efforts pour l'obtenir » (*De la liberté*, 1859). Les deux siècles passés ont consacré la disparition de cet idéal, la protection au nom de tous ayant pris le pas sur celle de chacun. Inquiet de l'emprise de la technique sur nos vies, Jacques Ellul estimait que les sociétés occidentales étaient désormais divisées en deux secteurs distincts : les « choses sérieuses » (production, ordre public, argent, information, sciences, etc.) où il n'est toléré aucune liberté de choix, et les choses sans importance (loisirs, mode, consommation, etc.) où, si la liberté semble encore de mise, elle n'en est pas moins soumise au conformisme et à l'ordre dans le cadre de ce qui est possible, organisé, aménagé (*Le Système technicien*, 1977). *De facto*, les jeux vidéo par exemple, qui occupent plus de la moitié du temps que nous consacrons aux loisirs, offrent pour seules libertés celles qu'octroient leurs concepteurs, celles qu'encadrent les opérateurs du numérique, celles qu'arbitrent les algorithmes. Ces jeux se pratiquent dans des limites imparties, imposées même.

Dans *Surveiller et punir*, Michel Foucault a mis en perspective le passage des sociétés de souveraineté d'antan aux sociétés disciplinaires apparues après la disparition du système royal. Dans les premières, le pouvoir absolu s'exerçait d'en haut, de loin, au nom d'une autorité à valeur exemplaire, destinée à frapper suffisamment les esprits pour qu'ils respectent l'ordre établi. Les exécutions, par exemple, se devaient d'être publiques pour rappeler à tous le droit royal de vie et de mort sur ses sujets. Dans les sociétés disciplinaires, le pouvoir s'est mis à gérer la vie des populations, à dresser l'individu à travers de multiples institutions chargées de l'encadrer, de l'école à l'usine, de l'armée à la prison. Dans ces sociétés, l'idéal de réussite, les règles économiques, le patriotisme notamment, empiètent sans cesse sur les libertés individuelles, limitent le libre arbitre : de vertical et transcendant, le pouvoir est devenu horizontal et prégnant. Si surveiller et punir sont les deux matrices de tout pouvoir, c'est devenu d'autant plus vrai dans les sociétés disciplinaires où la surveillance fait partie intégrante du mode de vie inculqué, où la mise à l'index menace celui qui s'en détourne.

À la fin du XVIIIe siècle, le Britannique Jeremy Bentham inventa le *panopticon*, une prison modèle où le gardien pouvait observer toutes les cellules des prisonniers sans être lui-même visible. Un système de surveillance parfait puisque discret et omniscient. Pour Foucault, le *panopticon* symbolisait la société disciplinaire où tous les citoyens peuvent être surveillés sans qu'ils en aient conscience faute de savoir par qui et comment. Pour ce type de surveillance, nul besoin de murs pour enfermer, la suggestion suffit, complétée par le formatage des esprits. Toute ressemblance avec notre monde soumis à la « panoptique » du Web serait purement fortuite.

Les machines intelligentes nous sont devenues indispensables. Du temps qu'il fera demain au trajet à prendre, de la gestion des agendas à celle de nos dépenses, de la surveillance de notre santé à la protection de notre domicile, de l'organisation du travail à l'aménagement de nos loisirs, de nos fréquentations intimes à nos engagements publics, il est (presque) devenu impossible de vivre à l'écart de l'univers qu'elles ont bâti. Les outils numériques ont acquis un tel pouvoir que l'emprise exercée sur notre quotidien peut inquiéter. Il nous faut trouver un responsable à notre servitude volontaire, pour nous dédouaner de cette faiblesse honteuse. Les coupables sont trouvés : les profiteurs du système qui à coups de nouvelles applications, de nouveaux besoins suscités, de nouvelles données exploitées, de nouveaux algorithmes imposés, s'enrichissent de nos « pulsions » numériques. Ce sont eux qui nous entraînent toujours plus loin dans l'univers du Web, suivant une logique capitaliste condamnée de longue date. Âmes damnées de nos faiblesses, suspectées de nous avoir réduits en esclavage de leurs profits, les Big Tech font dorénavant office de boucs émissaires pour mieux nous pardonner à nous-mêmes. Une manifestation classique de victimisation.

Un sondage, sur le thème des *Libertés : l'épreuve du siècle*, réalisé en 2022 dans 55 pays, auprès de plus de 47 000 personnes, par plusieurs fondations politiques européennes et américaines, sous la direction de la Fondation pour l'innovation politique (Fondapol, française), a mesuré entre autres l'impact de notre dépendance aux nouvelles technologies. Une majorité écrasante de sondés (73 %) en rejettent la faute sur les géants du Net dont ils souhaiteraient qu'ils soient davantage contrôlés par les pouvoirs publics, notamment en matière d'informations et d'interventions dans les débats. En Irlande, où Facebook et Google sont installés, et au Luxembourg, où Amazon a son siège européen, les demandes de contrôle sont plus importantes encore (respectivement 85 et 87 % d'opinions favorables).

L'ingérence étrangère est le danger principal que dénoncent 86 % des sondés. Dans le détail, l'Internet et les réseaux sociaux sont accusés de favoriser la diffusion de fausses informations (73 %), quand paradoxalement 83 % des personnes interrogées estiment qu'ils « offrent la possibilité de s'informer soi-même ». Ainsi, tout en s'alarmant sur les « fake news », les internautes se croient suffisamment avertis pour ne pas tomber dans leur piège. Si, d'autre part, il est reproché aux réseaux de livrer à d'autres (entreprises, gouvernements, entourage) les données privées récoltées sur le Web, ils sont en revanche plébiscités (80 %) quand ils « permettent de rencontrer de nouvelles personnes » et d'offrir « à chacun la possibilité de s'exprimer plus librement » (79 %). Pour une majorité de sondés (60 %), les risques de manipulation, tels que « discuter avec des gens qui sont du même avis », sont jugés nuls et non avenus. Pour se rassurer, ils nient la capacité des algorithmes à s'immiscer dans les débats pour agréger les opinions.

Ce sondage met en évidence l'ambivalence des comportements face au Web. La liberté appréciée cohabite avec la crainte de ses effets possibles, ce qui débouche sur une demande d'arbitrage à laquelle les internautes souscrivent pour se soulager de ce dilemme. Le souhait exprimé d'un meilleur contrôle des Big Tech par les gouvernements participe de cette peur de la liberté maintes fois constatée qui nous amène à vouloir la limiter pour se rassurer.

Cette demande a d'autant plus de chances d'être entendue qu'elle correspond à la volonté des gouvernements de réguler ce secteur, pour d'autres raisons que les usagers toutefois. Le contrôle des géants du Net est l'une des rares idées auxquelles la plupart des États adhèrent en Europe, aux États-Unis ou en Chine, avec des nuances sur l'importance de l'encadrement. Promouvoir des économies plus équitables, plus concurrentielles, est l'argument généralement avancé par les démocraties pour réglementer le secteur. Accusés de favoriser leurs propres produits, d'abuser de leur accès privilégié aux données des consommateurs, d'annihiler la concurrence, les Big Tech sont appelées à rendre des comptes.

Un *Digital Markets Act* et un *Digital Services Act* ont été votés par l'Union européenne dans ce but. Ces règlements visent pour l'un à interdire l'usage de l'auto-référencement préférentiel et l'utilisation des données des concurrents, pour l'autre à limiter la propagation des propos haineux et des « fake news » sur les plates-formes. Deux régulations, sur le fond – le fonctionnement du marché –, et sur la forme – le contenu des communications –, qui portent sur la liberté de commerce et la liberté d'expression, piliers traditionnels des sociétés libres. Ces réglementations s'inscrivent dans une volonté des gouvernements européens de juguler le pouvoir des grandes sociétés technologiques dont le poids économique et financier fait de l'ombre à leur propre autorité. Une régulation des réseaux sociaux au prétexte d'en combattre les abus est un moyen d'en limiter l'influence, qui échappe au contrôle politique.

Une liberté d'expression limitée est un oxymoron. L'encadrement de la parole par une autorité supérieure, jugée neutre, est néanmoins entrée dans les mœurs, au point qu'en contester le bien-fondé est condamnable. Ainsi, la soumission à l'autorité rassure-t-elle quand le libre arbitre engage. Obéissance et choix sont deux contraintes, de nature différente : l'une est passive quand l'autre exige des efforts.

La mainmise d'un pouvoir (mondial) sur le Web paraît inéluctable tant ce contrôle est demandé par l'opinion et souhaité par les États. Donner les clefs du Net à une puissance publique expose au risque d'une censure au nom d'un intérêt supérieur dont les usagers ne sont pas toujours en mesure de juger la pertinence. Un exemple : l'Union européenne, à l'origine d'un « centre de lutte contre l'exploitation sexuelle des enfants » – une cause qui fait l'unanimité –, veut imposer aux plates-formes la suppression de tout échange en ce domaine sur leurs réseaux et leur signalement aux autorités compétentes. Cette « obligation de détection ciblée » est en contradiction avec le respect de la vie privée supposément garantie par l'encodage des messages. En acceptant, au nom de cette juste cause, de se faire des gendarmes sur ordre, les opérateurs du Net ont conscience de franchir une étape pour d'autres « obligations de détection » qui pourraient leur être imposées par la suite.

L'internaute prétend être attaché aux libertés que lui confèrent les outils numériques, pendant que le citoyen, lui, est en recherche de sécurité et d'ordre. La gestion par la Chine de la pandémie – tout au moins dans sa première phase, avant que la crise provoquée par le variant Omicron ne révèle au printemps 2022 la politique de terreur subie par la population – a même incité une partie de l'opinion mondiale à souhaiter un pouvoir autoritaire du même type, plus sécurisant. Dans le sondage international mentionné, sur le thème des *Libertés : l'épreuve du siècle*, une courte majorité de sondés (51 %) s'est prononcée en faveur d'un régime autoritaire, jugé plus efficace pour gérer la crise sanitaire. Un tiers des personnes interrogées étaient même prêtes à accepter une réduction des libertés au nom de l'efficacité, une opinion plus répandue chez les 18-34 ans (35 %) que chez les 60 ans et plus (28 %). Un autre sondage international, celui-ci sur le thème des *Démocraties sous tension*, réalisé en 2019 auprès de 36 395 personnes originaires de 42 pays démocratiques, indique que 58 % des femmes et 56 % des hommes penchent davantage pour l'ordre que pour la liberté (Fondapol/ International Republican Institute). En France, une autre enquête d'opinion avait déjà mis en valeur la préférence de 41 % des sondés pour un pouvoir autoritaire « quitte à alléger les mécanismes de contrôle démocratique » (enquête Ipsos-Sopra Steria, Institut Montaigne, Sciences Po, octobre 2018).

L'internaute n'a guère de raisons de s'opposer à une surveillance étatique des Big Tech si on lui présente la mesure comme étant de son intérêt, surtout s'il est question de limiter les profits des opérateurs. L'égalitarisme, ce vieux tropisme humain, est de longue date le sésame des États pour imposer leur ordre au nom du bien collectif. L'usager du Web se trouve pris en tenaille : à la tentation régulatrice d'une autorité qui traite les citoyens en mineurs répond la pression d'entreprises qui vivent de sa dépendance, avec pour modèle économique leur capacité à manipuler les instincts les plus primaires par l'intermédiaire de réseaux sociaux qui mobilisent la tendance naturelle des hommes à entrer en relation, à se soucier du regard des autres, à cultiver leur appartenance de groupe. La prise en charge par la puissance publique et la dépendance aux Big Tech sont au fond deux faces d'une même médaille où pile l'État gagne, face l'internaute perd.

Dans *La République*, Platon estime que l'homme démocratique porte en lui son esclavage, faute de savoir faire la différence entre désirs nécessaires et non nécessaires dictés par ses envies. Prisonnier de lui-même, il se condamne à la servitude bien qu'il la redoute, car pour assouvir ses envies, il s'en remet au tyran. Le citoyen moderne, qui considère que tout ce qui contrevient à ses désirs s'apparente à une frustration, exige que la loi protège la moindre de ses aspirations et consacre son droit au bonheur en l'ordonnant. Autrement dit, faute de savoir/vouloir s'autodiscipliner, nous aimons nous en remettre à une autorité pour le faire à notre place.

Pour s'appliquer à tous, sans discrimination, les pratiques régulatrices des États usent le plus souvent de moyens coercitifs. L'emprise du pouvoir pour régler les sociétés humaines a même conduit, dans ses extrêmes, au cauchemar totalitaire du XXe siècle. Pour s'en tenir à la liberté d'expression, à laquelle l'Internet offre de nouvelles possibilités, les États ont toujours cherché à la contrôler, bien avant l'apparition du Web. Selon une classification « foucaldienne », cette liberté a dans un premier temps été limitée juridiquement au moment de l'expansion de l'imprimerie, au XVe siècle. Puis, il a été question de la discipliner à partir du XVIIIe par des lois sur la presse qui ont garanti l'expression tout en la limitant. Plus tard, dans les années 1970, la sécurité a été invoquée pour faire face à la contestation. De nos jours, le foisonnement de l'expression grâce aux outils numériques exige de passer à une surveillance de masse. Ainsi, la liberté d'expression a-t-elle d'abord été réglementée, puis disciplinée avant d'être réprimée et maintenant surveillée et contrôlée.

Les dérives totalitaires du siècle dernier ont été rendues possibles par la rencontre entre des idéologies séculières, de classes ou de races, à prétention universelle, et des moyens coercitifs que seuls les États ont la capacité de développer. Autrement dit, l'État a été au XXe siècle l'outil indispensable du totalitarisme. Désormais, la régulation de nos modes de vie, au sens le plus large, n'a jamais été aussi performante et prégnante grâce aux outils numériques. Nul besoin d'être prophète pour imaginer ce que leur usage par l'autorité publique peut offrir de possibilités de contrôle absolu :

le parti-État chinois en fait la démonstration. Il est douteux que nombre d'usagers de la Toile veuillent connaître le sort de leurs homologues chinois.

En dépit d'abus, la liberté acquise avec le Web ne doit pas effrayer au point de vouloir confier à la puissance publique le soin de la réguler, au risque d'introduire une tutelle potentiellement liberticide. Le « laisser-faire, laisser-aller » n'est pas pour autant une alternative. Il revient aux internautes de s'interroger sur leur dépendance et leurs pratiques, même si en appeler à l'autodiscipline peut sembler naïf compte tenu de la capacité des algorithmes à nous manipuler, et du confort grégaire qu'offre l'appartenance au troupeau numérique. Pour autant, la sauvegarde de la liberté d'expression dans le respect de chacun et de toutes les opinions dépend bien des internautes eux-mêmes. Toute autre voie que la responsabilité individuelle conduit à la servitude, plus désirée qu'imposée, donc volontaire.

Il y a cinq siècles, le *Discours de la servitude volontaire*, d'Étienne de La Boétie, alertait sur ce risque. *Le Contr'un*, sous-titre choisi par ce jeune auteur de 23 ans, correspond à l'interrogation qu'il formulait : comment un tyran, qui est un homme comme les autres, dicte-t-il à ses semblables leur conduite si ce n'est par la volonté commune ? En d'autres termes, le vrai joug n'est pas celui qu'impose un homme sur tous mais celui qui est accepté par tous. « Ce sont donc les peuples eux-mêmes qui se laissent, ou plutôt qui se font malmener, puisqu'ils en seraient quittes en cessant de servir, écrit-il. C'est le peuple qui s'asservit. » La Boétie en a fait le constat dans une démonstration qui n'a rien perdu de sa pertinence : « Ce maître n'a pourtant que deux yeux, deux mains, un corps, et rien de plus que n'a le dernier des habitants du nombre infini de nos villes, écrit-il. Ce qu'il a de plus ce sont les moyens que vous lui fournissez pour vous détruire. D'où tire-t-il tous ces yeux qui vous épient si ce n'est de vous ? Comment a-t-il tant de mains pour vous frapper, s'il ne vous les emprunte ? Les pieds dont il foule vos cités ne sont-ils pas aussi les vôtres ? A-t-il pouvoir sur vous, qui ne soit de vous-mêmes ? Comment oserait-il vous assaillir, s'il n'était d'intelligence avec vous ? Quel mal pourrait-il vous faire, si vous n'étiez pas les receleurs du larron qui vous pille, les complices du meurtrier qui vous tue et les traîtres de vous-mêmes ? »

Transposons ces propos dans notre monde numérique :

Le Web n'a pourtant comme moyens à sa disposition rien de plus que n'a le dernier des internautes du nombre infini d'applications. Ce qu'il a de plus ce sont les techniques que vous lui avez fournies pour vous aliéner. D'où tire-t-il toutes ces façons de vous épier si ce n'est de vous ? Comment a-t-il tant de ressources pour vous attirer, s'il ne vous les emprunte ? Les algorithmes dont il use ne sont-ils pas de votre fabrication ? A-t-il pouvoir sur vous, qui ne soit de vous-mêmes ? Comment oserait-il vous normaliser, s'il n'était d'intelligence avec vous ? Quel mal pourrait-il vous faire, si vous n'étiez pas les inventeurs de l'outil qui pille vos données, les complices de la Toile qui vous soumet et les traîtres de vous-mêmes ?

« Quelle chance ! » est désormais la réaction la plus fréquente de ceux à qui je confesse continuer à ignorer l'usage d'un téléphone portable.

Paradoxe de l'époque.

BIBLIOGRAPHIE SÉLECTIVE[1]

ALIMI Arié, *Le Coup d'État d'urgence*, Le Seuil, 2021.

BARBER Benjamin, *Comment le capitalisme nous infantilise*, Fayard, 2007.

BARD Alexander et SÖDERQVIST Jan, *Les Netocrates*, Léo Scheer, 2008.

BARRET-KRIEGEL Blandine, *L'État et les esclaves*, Calmann-Lévy, 1979.

BAUMAN Zygmunt et LEONCINI Thomas, *Les Enfants de la société liquide*, Fayard, 2018.

BAUMAN Zygmunt et MAURO Enzio, *Babel*, CNRS Éditions, 2017.

BENTATA Pierre, *De l'esprit de la servitude au XXIe siècle*, L'Observatoire, 2021.

BOUÉE Charles-Édouard, en collaboration avec ROCHE François, *La Chute de l'empire humain*, Grasset, 2017.

BRONNER Gérald, *Apocalypse cognitive*, PUF, 2021.

---

1. Ne sont pas repris ici les auteurs et ouvrages cités dans le texte, ni les sites, ni les articles de revues ou de journaux consultés.

BYUNG-CHUL Han, *La Société de transparence*, PUF, 2017.

CAMUS Albert, *L'Homme révolté*, Gallimard, 1951.

CANTO-SPERBER Monique, *La Fin des libertés*, Robert Laffont, 2019.

CANTO-SPERBER Monique, *Sauver la liberté d'expression*, Albin Michel, 2021.

CARDON Dominique, *À quoi rêvent les algorithmes*, Le Seuil, 2015.

CHARBONNEAU Bernard, *L'État*, R & N éditions, 2020.

CHENG Anne (direction), *Penser la Chine*, Folio-Gallimard, 2021.

CITTON Yves (direction), *L'Économie de l'attention*, La Découverte, 2014.

COHEN Daniel, *Homo numericus, la « civilisation » qui vient*, Albin Michel, 2022.

DELSOL Jean-Philippe, *Civilisation et libre arbitre*, Desclée de Brouwer, 2022.

DIENER Yann, *LQI, notre Langue Quotidienne Informatisée*, Les Belles Lettres, 2020.

DUGAIN Marc et LABBÉ Christophe, *L'Homme nu*, Pocket, 2017.

DUMONT Louis, *Essais sur l'individualisme*, Le Seuil, 1983.

ELLUL Jacques, *Le Bluff technologique*, Pluriel, 2017.

ERMAN Michel, *Aimons-nous encore la liberté ?*, Plon, 2019.

FABRE-MAGNAN Muriel, *L'Institution de la liberté*, PUF, 2018.

FEDI Laurent, *La Culpabilité*, Éditions Kimé, 2019.

FINE Alain *et alii*, *La Haine*, PUF, 2005.

FREUD Sigmund, *Psychologie de masse et analyse du moi*, Le Seuil/Points, 2014.

GARNIER Nelly, *La Démocratie du like*, Bouquins, 2022.

GIRARD René, *Des choses cachées depuis la formation du monde*, Grasset, 1978.

GORI Roland, *La Fabrique de nos servitudes*, Les Liens qui libèrent, 2022.

HARCOURT Bernard E., *La Société d'exposition*, Le Seuil, 2020.

HAYEK Friedrich A., *La Route de la servitude*, PUF, 1985.

HAYEK Friedrich A., *La Constitution de la liberté*, Institut Coppet, 2019.

HEILBRUNN Benoît, *L'Obsession du bien-être*, Robert Laffont, 2019.

HEINICH Nathalie, *Osons l'universalisme*, Le Bord de l'eau, 2021.

HENNETTE-VAUCHEZ Stéphanie, *La Démocratie en état d'urgence*, Le Seuil, 2022.

HEUILLET Hélène, *Tu haïras ton prochain comme toi-même*, Albin Michel, 2017.

IPPOLITA, *Internet, l'illusion démocratique*, Éditions de la Différence, 2016.

LAINE Mathieu, *Infantilisation*, Presses de la Cité, 2021.

LANIER Jaron, *Stop aux réseaux sociaux !*, De Boeck Supérieur, 2020.

LASCH Christopher, *La Culture du narcissisme*, Flammarion/Champs, 2018.

LE BON Gustave, *Psychologie des foules*, PUF, 1963.

LE COUR GRANDMAISON Olivier, *Haine(s). Philosophie et politique*, PUF, 2002.

LEVET Bérénice, *La Théorie du genre*, Grasset, 2014.

MAFFESOLI Michel, *Le Temps des tribus*, La Table ronde/Vermillon, 2019.

MARCUSE Herbert, *L'Homme unidimensionnel*, Éditions de Minuit, 1968.
MBONGO Pascal *et alii*, *Dictionnaire encyclopédique de l'État*, Berger-Levrault, 2014.
MESSU Michel, *L'Ère de la victimisation*, Éditions de l'Aube, 2018.
MOUNK Yascha, *Le Peuple contre la démocratie*, L'Observatoire, 2018.
MUMFORD Lewis, *Les Transformations de l'homme*, L'Encyclopédie des nuisances, 2008.
MUMFORD Lewis, *Technique et civilisation*, Parenthèses, 2016.
MUMFORD Lewis, *Le Mythe de la machine*, L'Encyclopédie des nuisances, 2019.
NEMO Philippe, *Philosophie de l'impôt*, PUF, 2017.
OLIVENNES Denis et CHICHPORTICH Mathias, *Mortelle transparence*, Albin Michel, 2021.
ORTEGA Y GASSET José, *La Révolte des masses*, Les Belles Lettres, 2010.
ORTEGA Y GASSET José, *Méditation sur la technique*, Allia, 2017.
PATINO Bruno, *La Civilisation du poisson rouge*, Grasset, 2019.
PATINO Bruno, *Tempête dans le bocal*, Grasset, 2022.
POSTMAN Neil, *Se distraire à en mourir*, Fayard/Pluriel, 2010.
RAND Ayn, *La Vertu de l'égoïsme*, Les Belles Lettres, 2011
REY Olivier, *L'Idolâtrerie de la vie*, Gallimard/Tract n° 15, 2020.
ROSA Hartmut, *Aliénation et accélération*, La Découverte, 2014.

SALTIEL François, *La Société sans contact*, Flammarion, 2020.

SCHIFFTER Frédéric, *Contre le peuple*, Séguier, 2020.

SCHNEIDER Michel, *Big Mother*, Odile Jacob, 2005.

SCHOECK Helmut, *L'Envie. Une histoire du mal*, Les Belles Lettres, 2006.

STRITTMATTER Kai, *Dictature 2.0. Quand la Chine surveille son peuple (et demain le monde)*, Tallandier, 2020.

SUREAU François, *Sans la liberté*, Gallimard/Tract n° 8, 2019.

SUTTER Laurent de, *Indignation totale*, L'Observatoire, 2019.

TAYLOR Charles, *Multiculturalisme. Différence et démocratie*, Flammarion, 2009.

TESQUET Olivier, *État d'urgence technologique*, Premier Parallèle, 2021.

TRÉGUIER Félix, *L'Utopie déchue*, Fayard, 2019.

VION-DURY Philippe, *La Nouvelle Servitude volontaire*, FYP, 2016.

WEBER Max, *Sociologie de la religion*, Flammarion/Champs, 2013.

ZUBOFF Shoshana, *L'Âge du capitalisme de surveillance*, Zulma, 2020.

TABLE

Aveux 9

ALIÉNATION 15
NORMALISATION 49
SOUMISSION 83
NOTRE NOUVEAU MONDE 141
LA PEUR DE LA LIBERTÉ 179

Bibliographie sélective 205

Cet ouvrage a été achevé d'imprimer par
CPI Firmin-Didot au Mesnil-sur-l'Estrée (Eure)
pour le compte des éditions Grasset
en octobre 2022.

Mise en pages
PCA 44400 Rezé

N° d'édition : 22642 – N° d'impression : 171501
Dépôt légal : novembre 2022
Imprimé en France